JN064743

「ありがとう」「ごめんなさい」を心から

矢野武久
Yano Takehisa

文芸社

装画・挿画　石川楚

はじめに

母は国語教師なのに国語が苦手、作文は書けない、数学・理科が好きな昔の中学生は機械工学科を卒業、サラリーマンの殆どを建設機械開発設計者として過ごした後、グループ外へ出向し、考えたこともない福祉車を開発して定年。

そうして福祉車開発でお世話になった方から福祉車開発の記録を本にして残しては、と勧められ出版。定年後、本を出すなど想定外。これが切っ掛けで高い所から皆様へお話をさせていただく機会や寄稿など、我ながら信じられない経験を重ねた。

今年は七回目の年男、忘れないうちに書いておこうと、あれこれ。内容の重複などあるのをお許しいただけたら幸いです。

「ありがとう」「ごめんなさい」を心から ◎ 目次

第五章　思い出すまま

第一章
昔の若者から

「ありがとう」「ごめんなさい」

幼稚園の頃、皆が出来ていた「ありがとう」「ごめんなさい」「おはよう」「さようなら」の挨拶を続けてほしい。

コンビニや居酒屋などの「(い)らっしゃいませ」なんてマニュアル通りでは駄目。

心から「ありがとう」「ごめんなさい」。

元気良く「おはよう」「さようなら」。

これから数十年ビジネスの世界で生きていく上で何度も困難（難しい仕事、経験のない業務など）に遭うと思いますが、挨拶をちゃんと出来る人は、困ることはあっても大変困ることはありません。

なぜか？　解説します。

挨拶をきちんと出来る人は礼を尽くす人。礼を尽くす人は自然に皆様に好意を持たれ信用を得ます。皆様が知恵を貸してくれるし、協力し支えて下さいますから大変困ることはないのです。

だから心から挨拶を続けよう。

今日フレッシュな君たちも、三十代、四十代になれば、社内だけでなく社外にも頼りになる人脈が出来ていることに気が付くと思います。人脈とは名刺の枚数ではなく、君たち自身が知恵を貸したい人、協力したい人、結果として支えてくれる人。平たく言うと一杯飲みたい時、何はともあれ一緒に居酒屋へ行ってくれる人。

幼稚園の時のように今も挨拶出来るかどうか。挨拶の練習は出勤時「行ってきます」と誰もいない部屋で元気良く声を出すことから始める。出社時、自然に声が出ます、「おはようございます」と。


（母校の新卒歓迎会でビール片手に後輩へ）

剣道部創部の頃

――出来ることから一つずつ

高校生がワイワイ近づいてくる。

「数学が出来なかった」

「英語の文法が……」

期末試験の時期だ、懐かしい。

私が高校へ入学したのは昭和三十年、今から五十四年前。飽食の今では話してもそんなはずはないと信じてもらえないと思うが、住む家も、着る物も、食べる物もない、敗戦から十年後だった。衣食住が「ない」から「ある」へと変わったが、充分にあるわけではない。そんな時代に、私は胸一杯の希望と沢山の不安を抱えて高校生となった。

今、母校は自転車部や新体操部など様々な部が活躍しているが、私の入学時には何もなかった。例えば柔道部はあったが剣道部はなかった。

一年生の秋、人気マンガ『赤胴鈴之助』の影響で剣道をやりたいと思っていたら、上級生が「剣道部を創ろう」と言い出した。すぐに参加した。防具も練習場もなく、指導を誰にお願いするかなど問題山積。どこから手をつけたらいいのかさえわからない。

剣道部を創りたいと高校へ希望し許可を得て、防具十セットを購入してもらい、柔道部が練習していた講堂半分を練習場として確保。渡辺用務員さんが剣道四段と知り、お忙しいのを承知でお願い。打ち込む隙がないとは、渡辺さんが竹刀の後ろに隠れて見えなくなることとやがて知った。交代で防具を使い、「エイヤッ」と剣道部はめでたくスタートした。

私はこの時、先輩の後ろにくっついていたにすぎないが、何から手をつけたらいいのかわからない場合、出来ることから一つ一つ地道にやっていくのが、遠回りのようだけれど一番の近道に違いないと、先輩を見ていて思った。

剣道部へ入って良かった。あの時、生きていく上で大切なものを手に入れたのではないか。社会へ出て問題山積に遭遇する度に思い出した。

昼休みのソフトボール、志高湖《しだかこ》へのバス旅行、思い出は尽きない。*日出高校で過ごせて良かった。

後輩の高校生の皆さんも、いつかきっと日出暘谷高校で青春を過ごして良かったと思う日が来るに違いない。いつの間にか半世紀が過ぎ、これを書きながら心は高校生。

＊日出高校は日出暘谷高校と改名し更に日出総合高校と改名

（大分県立日出暘谷高等学校創立百周年記念誌　二〇〇九年一一月）

ロッキードF104

一九九七年、埼玉県、航空自衛隊入間基地。今年もまた華やかな航空ショーが開かれた。基地上空から色とりどりのパラセールが、若い空挺隊員が手にした発煙筒から煙をなびかせながら次々舞い降りてくる。子供たちが歓声を上げ、降りてくる隊員は屈託のない笑顔で子供たちに手を振る。

基地は広い、あの向こうの方には何があるんだろう、広いなぁ。

ズボンの筋もピシッとした自衛官に訊く。

「はい、あの向こうの建物を右に曲がった所に記念館があります」

「ありがとう、じゃぁ行ってみよう」

二十分も歩いた。見えているのに向こうの騒ぎがウソのようだ。

「これが記念館か……あっ、ロッキードF104だ」

＊

一九六〇年秋、熊本大学工学部機械工学科木造校舎二階。

「機械科の応援団長はM、お前。副団長はKでいいな」

「異議な〜し」

「じゃあ、次に装飾係は誰にする?」

一同沈黙。かくして、MO、MA、F君および矢野と決まった。

「俺たちも手伝うから」

「何を作ろうか?」

「それは装飾係が考えろ」

友情とはかくあるべきか？

考えた末、当時の第一線戦闘機ロッキードＦ１０４を作ることにした。

「矢野、お前図面を引け」

「え〜っ、俺が図面を引くの」

何しろ私は、機械科の学生とは言え、製図の課題が出ると、もはやない製図教室の製図板にケント紙（製図用紙）を張り、成績優秀なお友達の隣に陣取り、もっぱらディバイダー（製図用道具）で写し取り、何とか単位を確保という優秀な学生だった。

さて、どうしよう……。

先ずしたことは、玩具屋へ行きプラモデルのＦ１０４を買ってきた。忘れもしない大枚百円也。焼きそば三十五円、ラーメン五十円、映画五十五円、ハガキ五円、風呂十五円、散髪百二十円、そうして下宿代四千五百円の頃（当時の小遣い帳より）。

得意のディバイダーを使い各部の寸法を写し取り、グラフ用紙に図面を作成。うん、我ながら良く出来た。全長八二〇〇ミリ、全幅四三〇〇ミリ。

さあ、図面は出来たぞ、次は材料の竹の調達。

「俺、アルバイトがあるから悪いな」

「俺、一寸用事がある」

ＭＯ君と二人、二年生と一年生を一名ずつ連れ「ＭＡのアルバイトは仕方ないけど、Ｆの用事はモデルン（ダンスホール）でダンスだぞ。あいつはそういう奴だ」などと言いながら竜神橋を渡り、ある農家へ行き、

「……というわけで竹を下さい」

「学生さん、好きなだけ取っていきなさい」

孟宗竹は重い。枝をはらい、各人引きずって学校まで帰り二階の教室へ。竹を割り作業開始。

「お～い、下りてこい。立川先生が応援歌を教えてくれるって」

何だ、何だ、俺たちは忙しいのだ。

それでも水力実験室の前に駆けて行ってみると、

「陽炎ゆ～らぐ桜～花の春も、緑葉泉に澄む夏も」

「そこは、もう少し延ばすんですよ、一寸やってみましょうか。いいですか、こうで

す。澄む夏も～」

　一同唱和。

　そうして工学部運動会は近づきF104は骨格が出来た。バケツでメリケン粉を溶かし糊を作ると、新聞紙を貼る。こうなると速い。二階の教室は機械科全員集合の如きなり。「このようにした方が良い」とせっかく貼った新聞紙を改修する者あり、貼った上から更に貼る者、わいわいがやがや、装飾係は現場監督、指導者、さしずめ我は設計部長。もっとも誰も我らの言うことなど聞いていない。

　最後に銀粉を塗ると、

「出来た、出来た、間に合った」

　階下に下ろすことになった。

「矢野、これどうやって教室から出すんだ？」

「ドアからに決まっているじゃないか」

　全長八二〇〇ミリ、全幅四三〇〇ミリ。ドアを外しても出せない。

　廊下の窓から出ないか？

翼を出すと先端が引っ掛かる、先を出すと翼が出ない。

「矢野、どうするんだ！」

さて、困った。目立つよう大きい方が良いと思い、教室内で出来る長さに図面を引いたけれど、教室から出す方法まで考え及ばなかった。

友達とはありがたいもの。二階の窓から直接外へ出そうと、どこからか梯子を三本探してくる奴、二階の窓を外す奴、窓際に机を並べて一旦置く場所を作る奴、梯子を支える係。

梯子を駆け上る友が「壊すな、気を付けろ、危ない」。

声掛けする者が「そ～っと下ろせ」。

無事着陸、友情とはかくの如し。

そうして前夜祭。どこから誰が調達してきたのか、F104を小型トラックへ乗せる。前も後ろもトラックからはみ出し、設計部長としては少し反省。

「やっぱり一寸大き過ぎたかなぁ」

いざ出陣、応援団長M君の気合いの一声。

「機械科、ファイトあるか！」

「おー！」

我らがＦ１０４、機械科団旗を先頭に、団長・副団長は羽織袴にたすき掛け、白い鼻緒の高下駄、額に鉢巻きをして校門を走り出る。あっと言う間に子飼橋《こかいばし》、ここで先ずストーム、応援団を中心に円陣を組む。

「武夫原頭に草萌えて　花の香甘く夢に入り　龍田の山に秋逝いて　雁が音遠き月影に……」

子飼橋はここまで。それ行け、上通り、下通り、新市街。華やかなネオン輝くクラブ、キャバレー。色香に迷うことなかれ、とは言うものの、ここは一番ストームをやらざるを得ない。我らが行くのはトリスバー、我こそ主役と踊り狂う。

最終コースの辛島町を駆け抜け、夜の公園に集合。「おい、酔ってそんな高い所へ上ったら危ない」などと言う奴はいない。団長Ｍ君、高さ二メートルほどの台によじ上り、続いて副団長Ｋ君。「巻頭言〜ん、仰げば星斗欄干として……」のツーショット。

明けて工学部大運動会、晴れて風なし。機械科テントには先生方、四年の先輩をお招きして、我らは各科団旗を先頭に入場式。正々堂々と戦うことを誓う。一〇〇メートル、四〇〇メートル、一五〇〇メートル、障害競走、マラソン、各科対抗リレー、棒倒し、騎馬戦――何はともあれ機械科健児、勝たねばならぬ。

「血をすすり涙して　勝ち得し御旗濁世の最中　燦たる光　見よや紅の旗頭　機械健児の意気の精」

機械健児の意気の見せどころ、本日最高の来賓・尚絅校の女子大生の手を取りフォークダンス。運動会が終わったら……終わる前から話をつける奴がいて終わったらではもう遅い。

長くて短い秋の日は終わり後片付け。早夜《はや》のとばり、ファイアーストーム。終日、銀色に輝いたF１０４は、燃えて燃えて燃え上がり燃え尽き、そうして武夫原《ぶふげん》（グラウンド）の空に消えた。

＊

思いがけず百周年記念誌に「母校の思い出」を書くことになり、心を合わせ一致団結して作り、知恵と工夫で二階の窓から下ろしたF104のことを記した。

これを書きながら心は二十代、身は熊本に飛び、白紙の答案にも拘わらず単位を下さった心優しい先生や心を鬼にして赤点を下された優しい先生（と当時思わなかったが）。我らと共に酒を飲み深夜に帰宅して奥様に叱られていたH教授、カンニングで我を助けてくれた友、クラスで登った阿蘇大観峰《だいかんぼう》、諸先輩にお世話なった工場見学旅行、思い出は尽きない。

十年後、君たちは何をしているか？

(1) はじめに

皆さんはこれから一時間半、私の話を聞かなければならないから、この人、どんな人だろう？　何している人だろう？　と思うでしょうし、何も知らない人の話は面白くないでしょうし、私も話しにくいから、先ほど先生に紹介してもらいましたが少し補足します。

出身は大分県の日出町という城下町です。中学生の部活はバスケット部、高校は剣道部。高校まで日出町で過ごして工学部機械工学科を卒業して、建設機械メーカーへ就職して設計をしていました。趣味は将棋、日本将棋連盟三段。本を読むのも好きですね。

少しは私のことをわかってくれましたか?

(2) 工学部大運動会のこと

装飾係として造った「ロッキードF104」(前項)参照。

(3) 精一杯楽しんでおけ

学生は勉強すべし。授業で勉強するのは当たり前。もっとも私はあまり勉強をした記憶はないけれど、卒業して設計に配属され設計を続けてこれたから、そこそこ勉強していたんでしょう。

先ほど飾り物の戦闘機を作った話をしたでしょう。

困った時、梯子を持ってくる奴、梯子を押さえる係、上からF１０４を下ろす友、途中で支える者、声を出して注意する奴――事前に決めたわけでもないのに見事に役割分担が出来ていた。心が一つになるとは、こういうことを言うんだな。

●竹と新聞紙でだんだん形が出来てくる。それぞれ勝手にやっているようだけれど、糊がなくなれば誰かが作る。自然に役割分担して参加意識を持つ。一人じゃ出来ないけれど力を合わせたら出来る。

●私は大きい方がいいと思い、教室内で納まる大きさの図面を引いた。教室から出すことを忘れていた。出せなくて困った。何かをする時、次はどうなるか考えなければ困ったことになることを勉強した。

●二階から下ろす時に誰も怪我をしなかった。一人一人がちゃんとやったから。俺一人くらい手を抜いても、というのがいたら、誰か怪我をしただろうし、折角完成したF１０４は下に落ちて壊れていたと思う。

実は当時、勉強したと思っていません。ず～っと後になって、学生時代のあんなことが随分役に立って、つまり勉強したんだなぁと気が付いたに過ぎない。

君たちと同じ歳で、これは勉強になる、これは為になる本だ、こんなことをいちいち考えていたら学生生活が楽しくない。

君たちに言いたいのは、学生生活を精一杯楽しんでおけということ。楽しんでおけ、ではない「精一杯」だよ。楽しむだけでは楽しい思い出しか残らない。今出来ることを精一杯しておけば、楽しい思い出プラスアルファが残る。

熊本大学で学んで良かったと思う日が必ず来ます。

(4) 福祉車の紹介

今、日本濾過器(株)で私が取り組んでいる福祉車の話をします(四十四頁「ゼロからの挑戦 ――福祉車の開発」参照)。

(5) 一人の力は小さいけれど

日本濾過器(株)はフィルターを設計製作している専門メーカー、歴史と伝統のある会社ですが、車や福祉関係については歴史も伝統もありません。従って技術も設備も車両ナンバーを取得する資格もないから設計製作を社外へお願いしました（社外資源の活用）。でも、俺たちの仲間になって、つまり参加意識を持っていただきたい。仕事ですから発注すれば物は出来ますが、仲間になった方が楽しいし、良い物が出来るから。

あのＦ１０４は、仲間が同じ教室で一緒に作るから進み具合は共有。ところが……この福祉車は広島、千葉など、お互いに顔も見たこともない人たちが会社を通して仕事をします。私は協力していただくお礼のつもりで、この車の開発目的、開発に至った経緯、開発の進捗状況をＦＡＸや電話でレポートした。皆さんに開発状況がよくわかって面白いと言われました。

結果として新聞や雑誌の参考になりそうな記事や提案をいただいたし、全国紙や福祉の総合雑誌に記事として掲載されました。また、国際福祉機器展出展用カタログを作成。完成後、車を取り扱ってくれる自動車販売会社に出会ったりしました。

一人の力は小さいけれど、大きな力になり得ることを実感しています。熊本大学機械工学科の教授が溶接の権威ある賞を取得されたし、建築工学もＭＩＴに次ぐ賞を取ったことも皆さんは知っていると思います。

いずれも、最初は一人の力で始まった。「そんなの無理だよ」と言っていたら何も出来ない。最初から上手くいかないのは当たり前。もし失敗しても、こうやると上手くいかないとわかったから、失敗ではなく一歩前進と思います。出来るまでやれば出来る。百点は取れなくても六十点は取れる。「優」じゃなく「可」でも立派な合格点。でもたまには出来ない人もいます。それは批評、批判しか出来ない人。工学部の学生は批評家、批判家では駄目です。

(6) 殻は自分で作り、そうして破るものだ

君たちはやがて社会へ巣立つ卵です。卒業してないから卵の殻を作っているところです。先ず専門という殻を作って、社会へ出て仕事をしていく上で殻を厚く固くし、そうしていつの日か殻を破ってほしいと思います。

専門家になり専門以外に関心がないのは勿体ない。誰でも自分の気が付いてない沢山の能力があると信じて、新しいことにチャレンジしてほしいと思います。

私は設計が向いていると思っていましたが逆なんですね。設計に配属されたから設計能力がついてきた。結果として俺は設計者という殻が出来たわけです。

(7) 国際的に通用することと感性

これからはグローバルに、国際的に通用しなければならないと言われていますが、実は私が学生時代にも言われていましたから、あまり心配することはありません。先ず英語くらい出来なければと思いますが、本当にそうでしょうか？　私が英会話が出来ないから言うわけではありませんが、例えば、イギリス人やアメリカ人の皆さん、英語が出来ますが、彼らを国際人とは言いません。

物に感じる心、美しい物を素直に美しいと感じ、嬉しければ喜ぶ、わからないことは何だろうと思う。こういう感性豊かな人を国際的に通用する国際人と言うのではないかと思います。

これはどこの国の人も同じ、国際的に通用する第一歩。外国語の出来る人を羨ましいとは思いますが。言葉より心。自分の利益だけでは国際どころか日本の中でも生きていけません。例をあげるまでもなく新聞に次々出ているでしょう。これらは皆自分だけの得を追求した結果です。

物事に関心を持ち、素直に反応する心を持ち続けてほしい。これが国際的に通用する第一歩だと思います。

(8) 物を見て判断すること

私の学生時代、製図は図板、T定規、計測は測定具。今はコンピュータ。速く正確になりました。ところが速く正確だけでは、どうにもならないことがあります。

これが大事なことなんだけれど、美しいとか、重たいとか、匂いとか、人間の五感に訴え判断すること。物を見ると私たちは先ず感じる、綺麗だなぁ、と。例えば天草大橋、綺麗だろ。応力線図の通りの曲線になっている。ロッキードF104、これも格好いいだろ、空気力学の通り、空気抵抗最小の形をしている。

こういう物を設計、製造、検査、測定などにコンピュータを使うのは当たり前だけど、コンピュータは正確で間違いないと錯覚して、結果をそのまま信用してしまうようなことが現実に起こる。コンピュータは便利な道具に過ぎないのに。人間の目は正確なんだなぁ。百分の一や千分の一はわからないけれど、違っていると「変だなぁ」と感じる。「変だなぁ」と感じるには五感と基礎的なことをしっかり磨くしかない。なぜなら現実は正確が即ち正しいとは限らないから。

●土砂の積み込み機械であるホイールローダのスピードメーターをデジタル化した時のこと。制御屋さんの提供してくれたのは正確に速度を表示出来るメーター。正確だけれど正しいメーターではなかった。なぜかわかりますか？　土砂を積み込む際、ホイールローダは前進、後進を繰り返す。スピードが変化するとただちにメーターはその瞬間のスピードを表示する。運転手にはメーターがチラチラしているだけで読み取れない。

●建設機械のある部材が壊れるクレームが多発した。対策し品質確認したけれど、またクラック（裂け目）が入る。「何をやっている！　俺に説明せよ」と技術一筋の専務さん。

「かくの如く構造解析をコンピュータでやり品質確認もこの通り……間違いあり

ません」

でも現実は壊れる。

「これは形が悪い、壊れて当然。こんな形にせよ」

専務さんのこの一言で問題解決。

材料は？　溶接は適切にされているか？　切り欠きはどうか？　力の掛かり具合はどうか？　などなど、人間コンピュータには経験が積み重ねられています。物を見て、正しいかどうか、自分の目を信じられるようになること。難しいことではなく、さっき申し上げた通り、綺麗だな、重たそうだな、大き過ぎるかな――こういう感性で物を見ると自然に出来ます。

(9) 私の機械科卒業十年後

団地に住み、長男が生まれ、会社まで一時間以上かけて通勤。仕事は建設機械の開発設計。残業続きで休みは日曜日だけ。その日曜日も休日出勤。

こんな生活をしていました。日本中のサラリーマンがこんな状態だったから、特にハードとは思わなかったけど。

部下も十数人いたのに、設計者としてこの先やっていけるのか自信をなくしていた。入社四、五年目の頃は自信満々だったのに。これはいろいろ経験をして知らないことが山ほどあることに気が付いたわけですね。今、思うと、設計の力がついた証拠。

君たちもいずれ私と同じような経験をすると思いますが、自信をなくすのではなく、力がついた証拠と自信を持って下さい。

⑽ 最後に

私は君たちが生まれる前から開発設計をしてきました。この開発が失敗したらどうしよう。心配から前へは進めません。開発とは誰もしたことのないことをすること。マニュアルはありません。最初から上手くいかない方が当たり前と思います。上手くいかなかったらどうするか、別の案や策を考えておくことは必要ですが、心配するより、この開発が上手くいったら、お客さんが喜ぶだろうな、と考えた方が楽しいし、良い仕事が出来るのではないかと考えています。

壁にぶっつかって瘤が出来たら別な個所でぶっつかればいい。瘤は幾つ出来ても、そのうち自然に治ります。沢山瘤が出来た方が完成した時の喜びは大きいよ。

十年後の君たちに会いたいな。

十年先にどうなっているか想像する、あるいは、こうなりたいと考える。そうすると周りの物にいろいろ気が付き、つまり必要な情報が自然に集まり、その結果、そこへ近づくのではないかと思います。なぜならこうありたいという目標を持っているからです。目標を持つと面白いよ。

今日は先輩の話を聞いてくれてありがとう、また会いましょう。

後日、教授より学生の感想文をいただき、本当に嬉しい思いをしました。

（熊本大学知能生産システム工学科特別講演　一九九九年一二月）

さようなら、引きこもり

郷里に帰省中、買い物帰り。交差点の信号は赤。足を止め向かいを見ると、荷台にやや大きめの荷物を自転車に括りつけた若者。信号待ちをしていると思ったが、信号が青に変わり私は交差点を渡ったけれど、若者は動かず辺りを見回している。

「どうしたの？　渡らないのか？」

「このまま別府へ行くのは早過ぎるから、これからどうしようかと思って」

「どこから来たの？」

「横浜。昨日は福岡に泊まったから今日は福岡から来ました」

「横浜から自転車で来たのか？」

「はい」

元気いいなぁ。

我も学生時代、夏休みに北海道周遊券一枚でリュックを背負い、友と二人野宿をしながら十日ほど北海道を歩き回った。忘れていたことを思い出した。

「今日は別府泊まりと言っていたね。それじゃあ時間は充分ある、ここは日出《ひじ》町、古い城下町だ、お城はないけれど石垣がある、案内しようか」

「ハイ、お願いします」

我が家まで一緒に歩き、

「自転車はそこら辺に置いておけ、車で案内しよう」

城跡、城下海岸、的山荘《てきざんそう》の日本庭園、松屋寺《しょうおくじ》、横津《よこづ》神社、城山から国東《くにさき》半島の右に遠く四国の佐田岬半島、左は瀬戸内海の眺め。一回りして我が家でコーヒー。

「元気いいねぇ、学生か？」

「はい」

「何年生？」

「本当は〇年生だけれど未だ二年です」

「どうした、単位が取れなかったのか」

「実は引きこもりで休んでいました」

「そうか、治って良かったなぁ」

「伊豆へ自転車で行ったら、人と話せるようになっていました」

「お父さん、お母さんもお喜びだろう」

「はい」

「何よりの親孝行だ」

「あの〜、就職試験の面接で引きこもりだったと言わなければなりませんか？」

「盲腸の手術をしました、左足をねん挫しました、インフルエンザに罹りました。こんなこと、聞かれもしないのに自分から言わないだろ。引きこもりだったか？　と聞かれたら正直に答えればいい。下を向いて、ボソボソ答えるんじゃないよ。胸をはって『ハイ、引きこもりでした。それがどうかしましたか』という顔で答えればいい。引きこもりも、誰でもなるかも知れない風邪と同じ病気だから」

「そうなんだ、良かった……。でもいろいろ悩みがあるからまた引きこもりになるかも知れない」

「一度風邪を引いても、また引くだろ。引きこもりになるかも知れないし、ならないかも知れない。だから風邪と同じ。いろいろ悩みがあるのは自分だけと思っているんじゃないか？　悩みがあるのは小父さんも同じ。悩んだり喜んだりするのは生きている証拠、心配するな」

明るい表情になった。

「引きこもり、さようなら」

新入社員の頃　――実習生第一期生

昭和三十七年（一九六二年）四月、学卒同期入社百五十一名。技術系百一名は本社、粟津工場、大阪工場を巡り一カ月近くの新入社員教育後、それぞれの工場へ配属。大阪工場には三十七名、四月下旬に各職場へ配属された。私は製造部履帯係、甲斐田地区の製造部事務所で社会人第一歩をスタートした。

五月初め、山本房生さんが大阪工場長として着任された。着任早々、学卒技術系新入社員の配属を取り消し総務部所属とし、翌年三月まで実習生として製造現場で一般工員に交じって実習させると決められ、即実行された。

当時の日本企業は一～二カ月の新入社員教育後に配属され、即戦力が当たり前の世の中。一年間の長期にわたる主要現場での実習は異例ではなかったかと思う。我らは今も続いているに違いない、実習生第一期生。

一年間の実習は会社としてスタートしたのではなく、山本工場長の強い意志と決断で実行されたと思う。と推測するのは、大阪工場以外に配属された同期入社の仲間は、大阪工場より若干遅れて実習生になったと記憶しているから。山本工場長は実施するにあたり、本社、とりわけ大阪工場の部課長さん、製造現場の幹部スタッフの皆さんへ、三十七名の新卒を一年間も実習生とする意味と狙いを丁寧に説明されたと思う。

そうして我々には、

- 最高学府で学び知識は充分持っているが現場は知識だけでは役に立たない。
- ドイツではギルド制度があり、先輩から日常の仕事を通して仕事を覚える仕組みがある。日本にも丁稚奉公の制度がある。
- 君たちはこれから三十～四十年コマツで働く。先ず生産現場に入って、いわゆる徒弟として広く現場を経験し、自分が興味をもって専門に出来る職場は何か見つけてほしい。
●丁稚奉公だけでなく学んだ知識と照らし合わせて、仕事のやり方などが最善の方法かフレッシュな目で見て考えてほしい。配属され実務につくと余裕がなくなる。仕事を覚えるだけでなくフレッシュな目で見ることも大切にしてほしい。
●毎月レポートを提出すること。実施した内容だけでなく、疑問点や改善意見なども書いてほしい。総務部から私に直接来るようにする。
●実習中、もっと勉強したいテーマが見つかったら、いつでも言ってきなさい。コマツは君たちの一人や二人、留学させる余裕ある会社だ。
●今後毎月一回、昼食会をやろう。話を聞くのを楽しみにしている。
このようなお話を温和なお顔と温かみのある低音で優しく話された。入社一カ月一寸の新入社員にとって、取締役工場長は雲の上、はるか遠い所の偉い人と思っていた。お話を聞いて印象がガラリと変わった。子供の頃から知っている優しい小父さんに見え、山本さんのような大人になりたい、と思った。

実習が始まった。各職場で一、二年先輩や班長さんが指導係で、今思えば懇切丁寧に面倒を見ていただいた。にも拘わらずオシャカを作り途方に暮れていると「見つからない所に隠しておけ」とありがたい助言をいただいたことも。

六月から本館二階の会議室で山本さんとの昼食会が始まった。豪華弁当の期待は外れ、いつもの工場弁当。工場長は各自の報告に質問や追及はされず、海やヨットの話などをされ、楽しい三十~四十分。昼食会は一度も中止はなかったと記憶している。

そして山本さんは我々のレポートに必ず目を通されていた。と推測するのは、実習生のレポートで気にかかる事案は、部長会で（あるいは個別に）改善に繋げるよう指示されていたらしい。強面と噂の部長がニコニコ笑顔で接して下さったり、「レポートに書く前に直接私に言ってきなさい」の如きお話をされたり。

山本さんの庇護の下、お世話になった部課長さん、先輩、班長、職長の皆さんに傍若無人な言動・振る舞いをしていたに違いない。「ごめんなさい」と今になって反省しても遅すぎるけれど。

一年間の実習は各職場体験だけでなく、お世話になった先輩、班長、職長の皆さんに顔を覚えていただき、本配属後、わからないことは気軽に行って教えてもらったり、無理なお願いをしたり、どれだけお世話になったか計り知れない。

一年間の実習を終え、設計は室内で暖かい、製造現場は冬寒いと肌で知った。私は九州男子、寒さに弱い。配属先の希望は第一希望も第二希望も設計、希望は叶い設計に配属された。

なおこの年、山本さんは工場長専用車更新の際、旧車を下取りに出さず社員へ。これにより自動車部を創部。自家用車普及以前のこと。

ブルドーザーのコマツは、タイヤ式建設機械事業を車両事業部（川崎工場）で始めることとなり、私は設計仲間と共に川崎工場へ転勤。ほどなく山本さんが車両事業部長として大阪工場から赴任してこられた。昭和四十年代初めモータースクレーパ、オフロードダンプトラック、ホイールローダ、トーイングトラクターなど次々に開発着手。

昭和五十年、担当したホイールローダは小松インターナショナル製造(株)(現コマツ茨城工場）へ移管され、我々は同社へ出向。やがて山本さんがトップとして赴任してこられた。就任の時か新年の朝礼だったか、記憶は定かではないが、「我が社を取り巻く環境は厳しい。全員いっそう奮励努力せよ」の如き話は全くされず、建設機械の将来像など夢のあるお話。終了後、職場へ帰る皆さんの足取りは軽く、山本さんのお話について話しながら前向きの姿勢だったことを思い出す。

その場しのぎや誤魔化しは厳しく指導されたが、問題の対策にいい知恵もなく叱られるのを覚悟して技術会議や品質会議に出席すると、山本さんは、

「困ったねぇ、この場の皆で考えよう」

気持ちが落ち着き、前へ進むことが出来た。「どうするんだ！」と追及、叱責された記憶はない。これは私一人ではない。

社会人第一歩で山本工場長に出会え、おかげで設計を天職とし、大阪工場、車両事業部、小松インターナショナル製造と、大所高所から薫陶を受けさせていただいた。

退職後も社友会、懇親会、開発本部の先輩を囲む会などでお元気な姿に接することが出来た私は幸せだった。今も温和なお顔と話し声が聞こえてくるようだ。

心からご冥福をお祈りいたします、合掌。

（コマツ社友会ホームページへ追悼文）

第二章　元ビジネスマンから

標準やマニュアルは守るのが基本……だけれど

建設機械開発設計に従事していた当時の上司M設計室長は何でも話せるし、アイデアに行き詰まったら一緒に考えてくれた。

M室長もいい案が浮かばないと、

「わからん、あと頼む」

でも不思議なことに解決し先へ進めた。多分、M室長へ何を困っているか説明をすることで自分の頭が整理されたのではないか、と思う。残業になると、

「仕事はいいから一寸将棋をしよう」

仕事以外は優しいけれど、仕事は出来るまで許してもらえず出来るまでやらされた、というか決して妥協されなかった。当時、ＣＡＤなどなく、図板に用紙を張り鉛筆で設計図を引いていた。Ｍ室長は自分のデスクにじっとしてなくて、いつの間にか私の傍に立たれ、設計中の図面を見て、

「このシャフトの太さは、どうやって決めた？」

「技術標準の強度計算式で決めました」

「ここの材料は、なぜＳＳ４１Ｐ（普通の鉄）なんだ？」

「技術標準に……」

「必要なら金や銀を使ってもいいんだよ」

「ご冗談でしょう、そんな材料、要りませんよ」

「矢野君は先輩を超える気はないのか？　後輩に何も残さないのか？」

何を言いだされるのだろう。

「技術標準は先輩が作ったんだろ。技術標準通りとは先輩の作った財産を食いつぶしているると思わないか？」

そんなこと考えたこともない。

「先輩が技術標準を作った当時はそれで良かったけど、世の中の技術は進歩している。改定すればいいし、必要なら技術標準を作ればいい。それが後輩の財産になる」

ひょえ～、標準通りとは先輩の真似をしているに過ぎない。先ず先輩から学ばなければならないけど、設計者は頭を使え、自分の考えを持てと言われているんだ。標準やマニュアルは守るのが基本だけれど標準やマニュアルは必要最低限を示しているだけではないか。「標準で決まっています」「マニュアル通りにやっています」「前例がありません」と軽々しく言うわけにはいかないな。

ゼロからの挑戦 ——福祉車の開発

(1) はじまり

コマツグループ外の日本濾過器(株)へ出向後三カ月ほど経過した頃、社長が突然、「車いすの人の車を開発しよう」

「えっ⁉　何ですか、それ？」

「近所の車いすの方が毎朝、車いすから車に乗り換え出勤されている。車いすなのに、どうして運転席に乗り換えなければならないのか。車いすのまま乗って運転出来たらいいと思っていた。矢野さんはコマツで開発設計をしてきたと聞いている。開発して下さい。開発費用は役員を通さず直接私に言って下さい」

「え～っ」（青天の霹靂）

私は、ナンバー取得は認可を得ている会社でも大変なことと建設車両で経験済み。認可を得ていない素人の会社でナンバーを取得するのは事実上不可能と知っていた、説明をしたけれど、

「そういうことは抜きにして、車いすの人に一番良いと思う車を作ろう。こうしたらどうか」

と、メモ用紙に絵を描かれる。

出向して三カ月、社長のことも殆ど何も知らない。仕事だから仕方ないという感じも多少あったが、面白いことを考える人だなぁ、と思った。その時の社長は、クリス

マスイブに子供が「ぼく、前からあれが欲しいんだ。サンタさん、持って来てくれないかなぁ」という目をされていた。私はサンタさんじゃないが、その目にだまされて開発に着手。

(2) 開発着手とは言うものの

車いすのこと、車いすを使っている人のこと、カーメーカーで作っている福祉車のことなどを考えたこともなく、全く知らない。何から手をつけたら良いのか、途方に暮れていたら学生時代の友達が、

「テクノエイド協会という福祉関係の財団法人があると聞いたことがある。そこへ行けば何かわかるのではないか」

それ行け、テクノエイド協会へ。

わからないことは聞くというスタンスで、車の構想が出来、一つ一つ解決して手作りで試作し、テストを実施し、機能的には構想通りに仕上がったけれど、ナンバーが取れず公道を走れない。ナンバー取得について、運輸省自動車交通局審査課、運輸省

関東陸運局へ伺い詳しく教えていただき、ナンバー取得は断念。主な理由は、

- 手動の車いすでは運転席の強度基準を満たさない
- ナンバー申請をする認可申請、実績資格がない

(3) では、どうすれば良いか

手動の車いすが強度基準を満たさないなら、車いすのまま乗車し、運転席へ乗り移ればいい。手作りを断念、軽自動車を改造してナンバーを取得しよう。認可申請の資格のある車両改造専門の会社へお願いすれば良い。

各社の軽自動車を検討し、マツダキャロルをベースに改造することとして、千葉県の車両改造専門の会社へお願いすることにした。

ところが「改造は出来るけれど、ナンバー取得のための改造申請書類に必要なベースの軽自動車の重量配分や強度計算書などがないと申請出来ない」と。

「わかりました、ではマツダさんに協力を得てきましょう」

協力いただける成算があったわけではないが、協力いただかなければ我々の福祉車

は出来ない。キャロルを開発されたマツダの開発担当常務Fさんのご協力で完成し、ナンバーを取得。

- 埼玉県身体障害者安全運転協議会（埼玉県内の自動車教習所）
- 第24回 国際福祉機器展（東京ビッグサイト）
- おおたバリアフリーEXPO2000（大田区産業プラザ）

などで展示させていただいたり、全国紙や福祉関係の雑誌に掲載されるなど、多くの方々の好意で、「こんな車を作りました」とPR。

本日は車作りプロの皆さんに見ていただくだけでなくお話をさせていただき感謝いたします。ありがとうございました。

〈公社〉自動車技術会関東支部テクニカルフォーラム　日産スポーツプラザ）

その後、スズキのご協力を得てワゴンRベースでも試作し(株)スズキ自販南東京本社に展示させていただいた。

したことないのに……

定年退職後、手土産の地酒に釣られて地元日刊紙の論説委員をしていたある日、若い記者から電話。

「営業などしたことないのに、社長に『貴女行って』と言われました」

相当落ちこんでいる様子。

「どうしたの？　話を聞かせて」

「二年前、値引きして広告をいただきました。そろそろ正規の広告料にしていただきたいと、営業マンが何度も足を運んだけれど、値上げに応じてくれないのです。それで私に行って交渉してこいと……どうしたらいいかわからない」

「それは困ったねぇ。でも最初から出来るわけないと思ったら出来ないだろうなぁ。出来るかも知れないと思って行ったら出来るんじゃないか？」

「私、口下手だから営業に向いてないし……」

「口下手なの？　それじゃ営業に向いているよ。営業の第一歩は人に会うこと、そうして話を聞いていただくことだろ。貴女は立て板に水でスラスラ喋る人と、口下手でトツトツと話す人と、どちらの人の話を聞く？　小父さんはトツトツの方がいいなぁ」

「私もそうです」

「そうだろ。貴女覚えているかい？　小父さんが国語は苦手、作文は書けない。数学・理科好きで文章と関係ないエンジニアで定年。論説委員など出来ないと言っているのに小父さんを説得したでしょう。貴女はあの調子で話せばいい」

「そう言われても……行けば追い帰されるし何を話せばいいのか……」

「『また来たか、帰れ』と言われたら帰ればいい。但し、『今日は正面から押したら帰れと言われたので帰ります。今度は横から押しに来ます。その次は後ろから力一杯押します』と言って帰ってくるんだよ」

二～三日後、電話。

「値上げしていただきました。社長も喜んでくれました」

「良かったねぇ、何と言って説得したの？」

「矢野さんに教えてもらった通りに言いましたら、気に入ったと、すぐ正規の広告料で契約更新して下さいました。営業であんな言い方もあるんですねぇ、勉強になりました、本当にありがとうございました」

「貴女にそう言ってもらえると嬉しいけれど、ありがとうは何だかコソバユイね」

異業種間配置転換

業界で三本指に入る会社もユーザーニーズが変わる、他社の新商品で従来商品は売れなくなる、など、世の中の動きについていかなければ会社の存続に関わる。あるいは新事業へ進出し大きく羽ばたきたいなど、様々な情勢で入社から定年まで「〇〇一筋」というわけにはいかない。

サラリーマンに異業種間配置転換や出向は避けて通れないと思うとわかっていても、いざ我が身になると……「何で俺が……」「誰が俺を……」「入社以来、真面目にやってきたことは何だったのか」「〇〇一筋の俺に出来るだろうか」「失敗したらどうしよう」。

四十代になると、まだまだ若い者には負けないつもりだけれど、新しい職場で知らない人の中、人間関係がうまくいくかなど、様々な不安からマイナス思考になりがち。新入社員の頃も、勤まるかどうか、失敗したらどうしよう、人間関係はどうすればいいのか……など、同じような不安を沢山抱えていた。

中年になり、新入社員に戻ることが出来るのはありがたいことと思います。入社以来「〇〇一筋」で得た経験、実績、人脈など、新しい業務につく条件は新入社員の時に比べたら遥かに優位。例えば電話の掛け方、名刺の出し方、挨拶の仕方など。

新入社員当時と違う年齢、経歴、肩書、実績などは、プライドを持って大切に保管しなければならないが、新しい職場ではこれらを封印し、わからないことは先輩に何でも教えていただくというスタンスで如何でしょうか。自分の息子や娘世代でも、その業務については先輩。遠慮することはありません。

「お父さんにわかるように説明せよ」

「なるほどわかった、ありがとう」

今まで若い人から「おはようございます」の挨拶に対して「おはよう」と答えていたけれど、先輩には、こちらから「おはよう」と。

案ずるより産むが易し。やがて○○一筋の殻を破って新しい世界が広がる日が来るに違いありません。

シニアアドバイザー

(1) シニアアドバイザー制度

専門知識が豊富で、人脈もあり、体力も能力も充分な方々が定年を迎え、年金生活に入り、宝の持ち腐れというのは一寸言葉が適当でないかも知れませんが、広く社会へお役に立つ接点がない状況であり、一方では企業規模が小さく何かをしたいが社内には専門知識がない、人脈がない、なければある企業のところへ行けばよいが、どこへ行けばよいかわからないという状況がある。また、現今の状況は言うまでもなく、何とか活性化しないと企業も社会もこのままでは立ち行かなくなるのではないか？

と危惧されている。

考えてみると私どもが世の中に出た頃の日本は、今のように豊かな世の中ではなかったわけで、私どもの先輩や私たち世代が世界から一目置かれる日本の基礎を作ったと言っても過言ではないと考えます。勿論、そのせいで「ゆがみ」も作ってきたわけですが、それはそれとして活性化したことは間違いない歴史的事実と言って良いと思います。

そうして定年を迎え、まだまだ世の中のお役に立つことが出来るのに引退生活を送るのは、如何にも勿体ないと思っていたところ……今回、通産省（現・経済産業省）の主導でシニアアドバイザー制度が発足することは、いろいろな意味で大変意義のあることであり、今の時代に望まれている制度と考えます。

(2) 私の経歴

先ほどご紹介いただきましたが、ここで一寸私の経歴を改めて申し上げます。

大学を卒業してコマツという、パワーショベルなどの建設機械（当時はブルドーザが主役でしたが）、大型プレスなど機械メーカーに入社し、その後、子会社を経てコマツグループ外の日本濾過器（株）へ出向。一貫して建設機械開発設計をしてきました。現在は日本濾過器（株）としても私自身も未経験の福祉車開発に携わり、多くの方々のお力を借りて、ほぼ完成品と言えるところまで仕上げ、公益社団法人自動車技術会で自動車のプロの皆さんを前に発表する機会をいただきました。

このような高い所から、皆様のような方々へお話するのは僭越と思いますが、大企業から中小企業へという道を歩み、会社としても全く初めてのことに挑戦するという経験を通して私が得たことを申し上げようと思います。

(3) 大企業と中小企業のレベル

これから皆さんは、いわゆる中小企業へ行かれるわけですが、私が日本濾過器（株）へ出向するに際して、ある方から「コマツの技術を移転して、レベルを上げて……」という言葉をいただきました。私自身そのような気持ちが無きにしも非ずでしたが、すぐに、これは大変な思い上がりと気が付きました。

大企業はレベルが高く会社が小さければレベルが低い、そんなわけはありません。もし仮にそうであれば、日本はレベルの低い国となり、世界から一目置かれるなどありえません。なぜなら皆さんご存じのように、日本の企業は中小企業が圧倒的に多く、大企業は一握りですから。

そして中小企業のレベルが低いとしたなら、大企業はレベルの低い協力企業に支えられている理屈になります。一寸変だと思いませんか？

「そんなことを言っても大企業の方がレベルは高いよ」

「俺たちが指導しているから……」

それも事実であることは確かです。レベルを数値化するのは議論のあるところですが、社員一万人の大企業が一〇〇〇個のレベル、社員百人の会社が一〇個のレベル、一人当たりのレベルは同じではないでしょうか？　絶対値では大企業の方がレベルは高いと言えますが。

ここで一寸、私が福祉車開発するにあたり、社長が私に言ったことを要約しますと、〔開発目的〕車いすの方のお役に立つこと

〔車両仕様〕車いすの方の使い易い車であること
〔販売価格〕身体障害者から高い利益をいただこうと思うな
　　　　　　但し赤字では会社が潰れるから不可
簡単明瞭、実にあっさりです。開発の原点ではないかと思います。
大企業なら何かを開発する場合、特に我が社の福祉車のように異業種の製品を開発するには、開発提案、開発計画、需要予測、獲得シェア、販売体制、試作計画、量産計画、設備計画、人員計画などなど、資料作成、会議につぐ会議、根回し。
そうして計画通り開発が進みシェアを得られるか……必ずしもそうとは限りません。
そこで皆さんに質問しますが、どちらのレベルが高いと思われますか？　確かに資料を作るレベル、会議で説明するレベル、根回しするレベルは大企業の方が高いと思いますが。
屁理屈を述べているのは、レベルの低い所へ行くという意識を持ってはならない、同じレベルの所へお手伝いに行くと認識していただきたいと思う次第です。

（4）歴史と文化　――あるがままに受け入れる

同じレベルと考えれば良いか？　一概にそうとは言えません。

大企業には大企業の歴史と文化、中小企業には中小企業の歴史と文化があります。資料作成、会議という文化、簡単明瞭の文化。レベルと申し上げましたが、一方が高くて一方が低い、あるいはこっちが良くてあっちが悪いという問題ではなく、単に文化が異なるに過ぎません。

皆さんはこれから異文化に接することになり、相手の企業も皆さんという異文化に接するわけです。当然、お互いに戸惑うことになります。戸惑うだけでなく、時に軋轢が生じるかも知れませんが、それは自然な成り行きと考えます。

歴史とか文化を私どもは日頃意識せずに生活していますが、面白いことに異文化に接すると、たいてい自分の歴史文化を肯定し誇りにしていることに気が付きます。娘や息子が結婚する時、相手の血筋、家系、ご両親はどこのご出身か、何をしておられるかなどを考えるでしょう。自分の文化を正として相手の文化を見ていると言えます。

資料を作り会議を重ねる文化から見ると、「一寸書いてまとめれば良いのに」と思うこともあると思いますが、相手は話せば済むことをなぜ書かなければならないのか？　と思います。異文化に接すると様々な場面でこのようなことが起こります。わざわざもめ事を起こすのは慎まなければなりませんが、必要以上に軋轢を恐れることはなく、むしろ何もない方が不自然だろうと思います。

異文化に接した時は、一旦あるがままに受け入れます。でも受け入れたままでは皆さんが行かれた意味がありませんし、それでは相手は不満に思うはずです。

一旦受け入れた後、皆さんの文化を紹介する、平たく言うと自分のやりたいようにやる、ということで如何でしょうか。やりたいようにやるだけでは収支決算で赤字になりますから、相手からも吸収し、少なくとも収支トントンにしたいと思います。必ず吸収することがあると思います。

(5) オーナー社長　――サラリーマン経営者と違う厳しさ

私はプロのコンサルタントではありませんから、多くのオーナー社長と面識はありませんが、私どもの会社も数十社の協力企業に支えられており、オーナー社長さんとも面識を得ました。

皆さんがこれから行かれる企業の経営者は、大企業のサラリーマン経営者とは違った厳しさを持っておられると認識していただきたい。

大企業の場合、決定するというより専務なり常務なりが決めたことを承認することが殆どではないでしょうか。従って自分で手を汚すことはないと思いますが、オーナー社長の場合、すべての責任を負い、すべてを決定しなければ会社の存続に関わりますから、後がない厳しさといつも一緒に生活されていることになります。問題を先送りしてもその処置は結局のところ、自分。

テレビの向こうで頭を下げている大企業のトップは如何にも甘く、レベルが低いと言わざるを得ません。

後のない厳しさ、間違った決定をすると会社の存続に関わりますから、初対面で相手を判断する目はシビアそのもの。この人は我が社の役に立つ人か、大企業意識で中小企業を上から目線で見る人か、こうあるべきだと「べき論」は得意だが手を動かすのは不得意な人か、協調性のある人か――。

これは考えてみますと当たり前のことで、社員一万人の企業で十人の役立たずを採用しても、全社への影響は殆どないと言っても良いと思いますし、配置転換や出向などの方法を取ることが出来ますし、その処置も担当役員、部課長が実施し、トップが実行することは殆どなく、手を汚すこともありません。第一、そんなことが行われているなど、トップの耳に入れません。採用に際し、見る目がなかったと告白するのに等しいわけですから、我が身を危うくするようなことはしません。

ところが従業員百人の会社で十人を間違うと、社員の一割が役立たずや協調性がない。これは大変なこと。他の部署へ配置転換や出向というわけにはいきません。頼るのは自分の目。自分の見込み違いは自分で手をくださざるを得ません。

見たところ普通の小父さんですが、サラリーマン育ちとは違うと考えます。

すべての経営者がこの通りとは限りませんが、大なり小なり、こういうシビアな面をお持ちで、皆さんが大企業の幹部あるいは専門家として接し仕事をしてきた相手と同じように接しては失礼になりますし、仮にも見下すようなこと、例えば腕を組んだり、足を組んだりしてはならないと言い切ることが出来ます。

(6) お手伝いに伺う前に ――話が違うのは当たり前

事前に話を伺って、それならやってみようという形になると思いますが、私の経験をお話ししてみようと思います。

事前に聞いたことは、日本濾過器(株)はバスやトラック、建設機械など、大型フィルターを日本で初めて生産した専門メーカーで私は技術の全般を見ることでした。ところがフィルターを勉強し奥が深いなと思い始めた頃、

「車いすに座っているのになぜ、運転席に移らなければならないのか。車いすのまま乗り、車いすで運転出来たら楽だろうと、かねがね思っていた。このような車いす仕様の福祉車を開発しよう」

これは社長のお話で役員会の決定。

私はフィルター専門メーカーで福祉車を開発することになるなど思ってもいないし、話が違うじゃないか、と言いたいところですが、この時の社長の目にだまされて今日まで来た次第です。福祉も乗用車の知識もありませんから、何でもわかるまで聞くというスタイルで始め、具体的に作業を始めたところ社内の協力は殆ど得られない、社

長とごく僅かな社員のみ。役員会の決定事項なのに変だな、話が違うぞ。

協力しないと言っているわけではなく協力しようにも、人も時間もまるで余裕がない。ギリギリの人で生産して生きていることがわかってきました。いずれにせよ、現実は協力したい気持ちだけではどうしようもない。話が違うと文句を言っても始まらない。話が違うのは当たり前、それならそれで何とかしなきゃ。

(7) 経営者と幹部社員

経営者はオーナー、役員を始め幹部社員はサラリーマン。

当たり前のことですが、経営者が我が社の問題点解決に手を貸してほしい、ついては「これこれ……」になると思いますが、実行する各部門の長は必ずしも同じではないのは大企業でも同じです。皆さんも身に覚えがあると思いますが、上が言うから仕方ないけれど……。

- これ以上仕事を増やさないでくれ
- よそ者に仕事を引っ掻き回されてはたまらない

・何も他所から連れてこなくても、俺たちで出来るのにトップとのコンセンサスは当然ですが、実行部門の幹部社員とのコンセンサスは皆さんが日常接することになるわけですから、協調しながら継続的にフォローし続ける必要があります。

(8) 最初が肝心

何事も最初が肝心と言います。最初に「凄い人だ」と思われることも大事だとは思いますが、最初は「この人となら一緒にやっていけそうだ」と思っていただく方が大切。次に「この人はいろいろなことをよく知っている人だ」と思ってもらえれば良いと私は考えます。

逆の立場に立つと、異文化に接して戸惑っている時に凄い人が来たら、私なら、「ガンガンやられたら叶わない。うちにはうちのやり方がある」と思います。人間は感情の動物ですから、いかに凄い人でも「一緒にやりましょう」とはならず口では「凄いですねぇ、流石ですね」と言うだけ。実行していただかなくてはどうにもなりません。

皆さんは経験も専門知識も充分にお持ちですから、いずれ「凄い人」と理解されます。急ぐ必要はなく今まで通り普通に接すれば良いのではないでしょうか。

(9) 中小企業の問題点

皆さんもそれぞれの企業で様々な問題点に気付かれることと思いますが、すべての問題の因《もと》は「ないないづくし」に尽きると思います。

再び私が携わっている福祉車開発を例に簡単にお話しします。調査をし、一人乗りの先行研究車を試作し、二人乗りの実用試作車をマツダキャロルベースで作り、次に介護車兼用で三人乗りをスズキワゴンRで作り、現在は先行販売をしたいと考えているところです。

〔技術上の問題〕福祉および車に対して知識・技術がない。調査のための書籍や資料がない。調査へ行きたいが、どこへ行けばよいのか情報源がない。

〔製造上の問題〕製造資格（認可、認証工場の）がない。製造設備・技術がない。

〔営業上の問題〕社内に販売体制がない、社外にも販売サービス網がない。

以上、すべてに対して人がいない。いなければ社内から集めれば良いというわけにはいきません。私どもでは私の他に二人、都合三人のプロジェクトとし、現業務と兼任（後に私のみ専任）。本業がストップしますから。

では、外部から人を引っ張ってくれば良いのですが、どこに自分が必要とする専門知識を持った方がおられるか情報がないし、仮にあっても中小企業にはなかなか来ていただけません。来ていただくには相応の費用が必要となり、簡単にはいきません。

会社の体質改善から、技術、製造、原価、営業、人事、財務など、皆さんの経験と人脈、専門知識を必要としていますが、問題点の指摘や、こうするべきだの「べき論」では解決されません。それぞれの企業の文化と現状で実行可能な具体策を必要としています。

(10) 提案の姿勢　――指導ではなく

様々なことに直面され、問題点を指摘し、具体案を提案するに際して、厳に慎まなければならないことは、

●こんなことで困っているのか
●こんなことも出来ないのか
●こうやれば良いのだ
●こんなことは俺に任せろ

お気付きのように上から目線、相手を見下していると思いませんか？　私がこのようなことを言われたり、このような態度を取られたら、たとえ困って仕事がうまくいかなくても言われたようには実行しませんね。

「こうしたらどうだろうか？」

一言で言うと相手に決定権を与える。あくまでも決定し実行する主体は相手の方ですから。

(11) シニアアドバイザーの得るもの

交通費や昼飯代くらいは何とかしていただくとして、シニアアドバイザーはボランティアの精神が基本と伺っています。これは非常に良い考えではないかと思います。

もし何かの報酬を受け取ると、どうしても早く実績を上げたくなり、自分の考えを押し付けたり、あせりが出てくるのが人情です。また、相手の企業も実績を早く出せという感情を持つのが自然です。こういう土壌では素直に実行出来ることもギクシャクし、結果として上手くいかないのではないかと考えます。

アドバイス後、実績に繋げるには、人脈を生かして専門家や企業を紹介することも良いと思います。この方が気持ちに余裕が出来、良い仕事が出来ると考えます。

では何を得るのか？　私の拙い経験から自分が得たと思うことを思い付くままに。

- 若い人と知り合い、仲間になり、昔話をする暇がない
- 自分が何かのお役に立っていると実感出来る
- 異文化の中で生活し、新しい発見がある
- 社外にも新しい仲間が出来、昔の仲間とも良い関係が保てる

⑫ 最後に

- あまり気負わず、最初はボ～ッとロッカーの資料を見て知識を得る

・周りの雑談をそれとなく耳に入れる
・ご自分の人脈を整備する
などをして、異文化を親しむことから始めたら如何でしょうか。それぞれのやり方でやればいいんですが、相手を知ると同時に自分を知っていただけたらと思います。

自分では人脈と思っていたのにそうではなく大企業の名刺につきあっていたに過ぎない、ということがあったり、大企業の名刺なら苦もなく出来たアポイントメントもままならないなど、様々なご苦労があるかも知れませんが、楽に出来ることなど面白くない、このスタンスでどうでしょうか？

私の拙い話を長々聴いていただき、ありがとうございました。

（中国地域ニュービジネス協議会／広島国際ホテルにて　一九九八年一月）

ホントかな？「奈良・京都・大阪」

昭和三十七年、㈱コマツ入社。大阪工場へ配属され一年目は実習生。翌年、技術部設計一課へ。前年、建設機械メーカー世界一のキャタピラー社と当時日本一の新三菱重工業（現・三菱重工業）が技術提携。世界一と日本一が手を組んだ。弱小コマツは潰れる。コマツは文字通り社運を掛けてⒶ活動の真っ最中だった。私はD30ブルドーザー開発チームへ。

年末、大分県の実家へ帰省。

当時、大阪から大分まで急行列車で十二時間。指定席などプラチナ切符は手に入らない。通路は勿論、座席と座席の間、トイレも満員だから、帰省当日は朝から水絶ち。大阪の〇〇旅行社へダメ元で電話をしたら、信じられないことに指定席が取れた。夢ではないか。

「ありがとうございます。会社が終わってから受け取りに行きますので七時頃になると思います」

「事務所は五時に閉めますから、それまでに来て下さい」

「そんなこと言わないで下さい。必ず行きますから」

待っていてくれるかな。

大阪……事務所の一席だけ電気を灯して女性が一人ポツンと。

「遅くなってごめんなさい、ありがとう」

お金を支払い出口へ。何の気なしに振り向いたら、立ち上がって見送ってくれている。「ありがとう、さようなら」だけでは申し訳ないと気が付いた。

「待たせてすみませんでした。コーヒーでも一杯おごらせて下さい」

喫茶店へ。奈良から通っている、と。その後の経過は省略。

年が明けて三月、奈良公園から新緑の若草山、春日大社、鹿の群れ。歩くと汗ばむ春の一日、ポニーテールを揺らせて案内してくれた。「バンビみたいだなぁ」と言ったら頬を染め、潤んだ瞳で……。


京都でお茶会がある。入場無料と聞き、お茶会など行ったことはないが無料なら行ってみよう。

行って驚いた。東京の椿山荘のような本格的な日本庭園の中にお茶室。にじり口を潜ってお茶室へ。お師匠さんがお茶を点ててくれた。作法など知らない。出された和菓子。

「食べていいですか?」

「どうぞ召し上がって下さい」

和菓子を食べ、片手で一気にお茶を飲んだら美味しかった。

「あ~美味しかった、もう一杯下さい」

後日、「お師匠さんが『美味しい、もう一杯は嬉しかった。一番作法にかなっている』と喜んでいた」と同席したお華のお師匠さんをしているという京美人からの言葉。夏、京都祇園祭、宵山。浴衣姿がよく似合う。

「本当にお華のお師匠さんしてるの?」

「うち、お弟子さんもいてるんぇ」と未生流《みしょうりゅう》のお師匠さん。

「怒ったの? そんな目で見ないでよ、ゴメン」

次の日曜日の約束をしたのにあの日が最後、会えなくなるなんて……。

当時、労音、労演が盛んで、毎月同期入社の仲間と京都・大阪へ出掛けていた。同期とは昭和三十七年入社の短大・高卒の女子も。合わせて十五、六人。

演奏・演劇が終わると男どもは居酒屋へ。そのうち女子とワイワイ喫茶店へ行くようになる。

そうして……遅くなってしまった。霧に滲んだネオン、ファンタスティック。

「今観た映画みたいだねぇ」

肩を寄せ二人で歩いた御堂筋。翌日、

「昨夜は遅くなってゴメン、家で叱られなかった？」

「大丈夫、うち、お母ちゃんに言うてん」

＊

お盆休みで実家に帰省中、ここまで書いたら幼馴染のサムちゃんが遊びに来た。

「お前が帰ってきたと聞いたんで……元気そうだな」

「今これを丁度書き終えたところだ、一寸読んでみてよ」

一読してサムちゃん。

「矢野、若い頃、もてたと言いたいのか！」

「フフフ、上手くいった」

「ん？　これもウソか！」

「ピンポ～ン」

「ピンポ～ンじゃないよ、お前にどれだけ騙されたか」

全部がウソ、ウソは一つ、それとも本当が一つかな？

第三章

後期高齢者から高齢者へ

待たせてゴメン　レジで声かけ

「レジで遅い人　待てる余裕を」（4月23日）を拝読しました。祖母も母も100歳前後まで生き、年を重ねる様を間近に見て育ちましたから、お年寄りの動作が遅くなるのは自然だと若い頃から思っていました。

いつの間にか私も82歳。指先が乾燥し、レジで財布から紙幣を取り出しづらい。並んでいる人には申し訳ないと思いつつ、心の中には「いずれみなさんも同じこと。見本を見てろよ」との気持ちも少し。

後ろにも聞こえる声で、レジの人へ「ちょっと待って。お金が財布から出たがらない……」。後ろには「待たせてゴメンナサイ」と言います。「ごたごた言ってないで早くしろ」などと言われたことは一度もありません。経験上、何となく和んだ雰囲気になります。同世代のみなさん、だまされたと思ってやってみてはいかがでしょうか。

（朝日新聞「声」欄　二〇二二年五月十三日）

くそババアと言われて

四月二十三日の朝日新聞「声」欄を読み、投稿された方は未だ気持ちが収まらない様子と感じたので、いらぬお節介だけれど、投稿者のお役に立つかも知れないと思い、以下の手紙を差し支えなければ投稿者へ送っていただきたい、と「声」欄係へ郵送した。

＊

「くそババアと言われて心穏やかならず」を拝読しました。

私は男ですから「くそババア」と言われたことはありませんが「くそジジイ」と言われたことはあります。

ある日のこと、久々に電車に乗り東京へ。さして混んでないホームを歩いていましたら、手にスマホを持った若者がぶっつかってきました。スマホに夢中で前を見ていなかったのでしょうね。

「くそジジイ、気を付けろ！」

私は若い子が朝から突っ張って可愛いなと思ったら、つい頬がほころんだのでしょう。

「なに笑ってるんだ、くそジジイ」

「元気いいねぇ、君、俺の歳まで生きられるか？　早死にするなよ」

思ったことがつい口から出てしまいました。ビックリ顔で「うるせえ、くそジジイが……」と足早に離れて行きました。わずか一～二分の間に「くそジジイ」三連発、見事。

こんな子は可哀想ですね。父親も母親も「くそジジイ」「くそババア」と言われる前に亡くなられたのでしょう。あるいは若い頃、「くそジジイ」「くそババア」と言っていたご両親に育てられたのか。こういう親に育てられた子は生きていく上で苦労します。本当に可哀想だと思います。

私の祖母は九十五歳、母は百四歳、二人とも身体は衰えましたが、旅立ちの前日までしっかりしていましたから、私は「歳を重ねるとは」のお手本を見て育ちました。

私は八十三歳。ありがたいことに「くそジジイ」と言われる資格を充分に取得しています。

三日も不眠になるほど穏やかではなかった由、お気の毒ですが、野良犬が吠えているようなもの（野良犬が「バカな若者と一緒にするな」と言うかも）気にすることはありません。心のキズどこかへ飛んで行け〜。

見知らぬ私からの手紙、戸惑われたことと思いますが、雑文悪しからずお許し下さい。

以上

＊

「声」係から送っていただき、投稿者から丁寧なお礼状が届き、以下を返書。

＊

心穏やかになられたとのこと、良かった嬉しいです。拝復をいただけるとは思っていませんでした、ありがとうございました。

貴女のお手紙の通り、もし「くそババア」と言われなければ投稿などしなかった。「くそババア」と言ってくれたので朝日新聞に投稿し、私から手紙をいただいた。考えてみると、あの男のおかげ。人は皆、誰かの役に立っている、と。心広いですね、私はそこまで思い至っていませんでした。

＊

今も時々手紙のやりとりをしている。

（二〇二二年十一月）

忘れても良いではないか

ん？　何で二階へ上がってきたのか、何だったっけ。もう一度下りてみよう。

あっ、思い出した。クラス会で久しぶりに会って、

「元気そうで何よりだなぁ」

親しかったのに名前が出てこない。

え～と、今さら名前を聞くわけにもいかないし……。昔はこんなことなかったのに。

細かい字が読み難くなったら老眼鏡、子供たちが帰ってきて「お父さん、テレビの音が大き過ぎるよ」と言われたら補聴器。脳にも補脳器があればありがたいのだが。

未だ若い者には負けん。ゴルフコンペでいつも優勝とはいかないが、いつも上位入賞だよ。立派ですね、だけどドライバーは若い者に置いていかれるでしょう。我らは場数を踏んで経験があるから飛距離で頑張らなくても、アプローチやパターで対抗すれば良いんですよ。頑張ると疲れますから。

人間を長いことやってきたんだから、どこそこガタが来るのは自然の成り行き。自

然に逆らって人間が勝てるわけない。飛距離で負けるのは自然に逆らわず順調に歳を重ねてきた証拠、めでたいこと。祝杯を上げても罰は当たらないと思いますね。

気の早いタンポポ一本

幼馴染の○子ちゃんは、地元では一寸知られたお弁当屋さんへお勤めをして「長い間ご苦労様」と退職。「毎日が日曜日」と言っていたけれど、オーナーの奥さんから「忙しい時だけ手伝って」と復職。

「そのうち忙しい日が増えて以前通りになるよ」

私の予言通りになり元気にお勤めをしていた。

一昨年、帰省してスーパーで買い物中、バッタリ会った。

「元気そうだな、お仕事続けているの？」

「『八十を超えているのに気付かず働いてもらって申し訳ない。ご苦労をお掛けしました。長い間、本当にありがとう』とオーナーの奥さんに言われて辞めたの」

ご苦労様。久しぶりだし退職祝賀会をやろう、と近くのファミレスへ。

元気にしているかな？　過日電話をした。


「毎日、日曜日で何してる、楽しんでいますか？」

「海を歩いたりしているけど、毎日することがないからつまらない」

「つまらんと思えば毎日つまらんことしか起きない。今日は良いことがあるかも、と思えば良いことがある。今日なくても明日あるかな、と思えばいい」

「ふ〜ん、良いことなんてないもん、つまらん」

「毎日つまらんと思っているとつまらんが積み上がって山になって旅立つのはつまらんだろ。俺はいいことや嬉しいことが貯まって旅立ちたいね」

「矢野君はいいなぁ」

「貴女、何か勘違いしてないか？　良いこと嬉しいことが毎日ドカ〜ンとあるわけないだろ。一寸した嬉しいこと、楽しいことが時々ある。それが貯まる。富士山だって最初から高かったんじゃなく、一握りが少しずつ積み上がってあんなになったと思うよ」

「矢野君、話が上手いな」

「ありがとうと言いたいけど茶化すんじゃないよ。一月も終わり、あと一ヵ月で三月。道端に雑草が芽を出しタンポポが咲き始める。『なんだタンポポか、たった一本か』と思えばつまらんタンポポ。『気の早いのが咲いてる、春だなぁ。そのうち沢山咲いたら綺麗だろうな』と思えば嬉しいタンポポ」

「一寸待って、それメモする」

（お互い八十歳を超えた。メモをどこに置いたか？　メモしたことさえ忘れる歳になっていることを忘れてる、とは言わなかったけれど）

つい先日、電話をした。

「昨日、いいことあった？」

「なかった」

「今日は雲一つない良い天気、風もないし。こんな日はいいことがあるに決まってる」

「矢野君、前にそんなようなこと言っていたなぁ」

「言ったよ、貴女はメモすると言っていたよ」

「私、そんなこと言ったの？　メモしたっけ？　忘れた」

母

母が八十代後半のある夏、旧盆で帰省中、小学校教師を定年退職した姉と三人で雑談していた時、

「運転免許更新に行っち、係の若い子に『自分の誕生日くらい覚えておいて下さい』と言われて恥ずかしかったわぇ」

「どうしたんかぇ」

「提出した戸籍抄本に二十日と書いてあるんじゃわ。母ちゃんがちゃんと教えてないから子供の頃からお誕生日は十八日と思って過ごしてきた」

「そりゃ父ちゃんが届ける時、間違えたんじゃろ」

「血液型もO型と信じていたらB型だった。輸血されたら死んでた、母ちゃんいいかげんじゃわ」

「M子、あんた、いつ血液型が変わったんかぇ?」

「母ちゃん、血液型は一生変わらないよ」

「あら、そうかえ、ハハハ」

本気か冗談か、おかしそうに笑う。


帰省して朝、目が覚めると台所からお味噌汁の匂い、朝食を済ませると、

「武久、洗濯物はないかぇ」

当時、九十半ばを超えても自分のことは自分でする母。しかし百歳のお祝いを皆さんにしていただき、もうすぐ百一歳を迎える冬、脳梗塞で右半身不随、車いす、言語障害。特別老人ホームへお世話になる。

午前は妹、午後は私がホームへ。ホームの若いスタッフの皆さんのおかげで、母と

意思の疎通が出来るようになった。

「もう歳だから、リハビリはよだきい（面倒でしたくない）」

私は六十三歳の時、脳梗塞で左半身不随、車いす、リハビリでゴルフ可能まで回復した。脳梗塞に関しては母の先輩。

「回復するまで真面目にリハビリすればよくなる。脳梗塞経験者の言うことだから間違いないよ」

「武久、あんた説得力あるなぁ」

それからリハビリを開始。アイウエオ……奈良女子高等師範学校（現・奈良女子大）文学部国文科出身、中学校国語教師だった母、「タチツテト」の次が出てこない。

「ナ、ナニヌネノ」

「ナニヌネノ」

これが毎日のことだけれど、会話はかなり普通に出来るまで回復。

一方、歩行器具を使ったリハビリ。ホームでのリハビリだけでなく、私がいる時に母は自室でリハビリを始めた。やがて歩行器具を使えば歩けるようになった。

百一歳を超えてなお自分の意思でリハビリをして回復していく母。私も後期高齢者の経験を長く続けているけれど、私自身への言い訳「もう歳だから」とは言えない思い。母は「老いるとは」のお手本を示してくれたように思う。私もまた子供たちへお手本を示し続けたい。

（二〇二二年十二月）

ホントかな？「スズメ」

夜、炊飯器に水を入れておくと翌朝、ご飯粒が綺麗に取れている。水は植木鉢のパンジーへ。ご飯粒は我が家の小さな庭に撒く。

やがて一羽のスズメがお隣の屋根から我が家の庭木へ。しばらく辺りを見回して低いツツジを経由して地面へ下り立つ、空から一気に地面へ下りてこない。それから朝ご飯。

部屋からガラスごしに、素知らぬ顔で見ていると、美味しそうに啄んでいる。時に目が合う。「おはよう、スズメ君」と言う間もなく飛び立つ。しばらく待っていても戻ってこない。

見るのを諦めると、いつの間にご飯粒は綺麗になくなっている。スズメ君が美味しそうに啄むのを見るのは朝のささやかな楽しみ。

ところが一週間を過ぎ十日たっても顔を見せない。どうしたのか、身体の具合でも悪いのではないか、入院などしていなければ良いがと案じていたら、二週間を過ぎた頃、やって来た。待ちかねたぞ、おや、二羽だ。しばらく顔を見せなかったのは新婚旅行へ行っていたのかな、もう一羽は奥さんに違いない。

「スズメ君、素敵なお嫁さんだな」

「チ、チ、チ」

第四章　自分史のこと

駆けあし自分史

健康第一、生涯青春のつもりだけれど、いつの間にか歳を重ねた老兵の自分史……中国から引き揚げ、子供の頃、現役時代、定年、定年後――駆けあしスタート！

(1) 大連市立小学校入学、日本へ引き揚げ

昭和二十一年、大連市立南山小学校入学。敗戦国の少国民は「ひもじい」を通り越し飢餓状態。「絶対に行くな」と言われても中国人街へ足が向く。決して豊かではない中国の人が哀れな日本の子供に恵んでくれる。やがて小学校閉鎖。

昭和二十二年二月、中国から引き揚げ（今の難民と同じようなこと）。母の実家へ。

一年生は殆ど通学してないので、校長先生から、

「君は四月から一年生で……」

（当時引揚者の子供は一年下からやり直した）

「ぼくは一年生なのに……」

返事をしない私を見て校長先生が母へ「このままいきましょう」と。一年生をやり直していたら（株）コマツ入社はなかったし全く別の人生を歩いていたと思う。

(2) 子供の頃に見たブルドーザー

引き揚げた日本は貧乏のどん底、食料難。農家のみかんを盗んだり、山の椿の蜜を吸ったり。運動靴などない、下駄、わら草履、体操は裸足。

「鉛筆の配給がありました」

五十四人のクラスに五本。野球は竹バット、藪にボールを打ち込んだら何としても見つけないと野球は永久に中止。ボールは一個しかないから。お金があってもお店に

もない。敗戦とは戦闘機、軍艦、戦力がなくなるだけでなく、衣食住、生活物資、ボールまで、何もかもなくなること。

大人たちは「これからはミカンじゃ」と、ミカン苗を植えるため見たこともない大きな機械が山を削る。

「ブルドーザーっち言うんじゃ」

「乗っちみてぇのう」

いつの間にか国語は苦手、数学・理科好きな中学生になり、昭和三十年、高校へ。戦後十年、日本は様々な物が「ない」から「ある」に脱皮していた。

(3) 数学・理科好きは工学部機械科へ

階段がギシギシなる木造校舎。ラーメン五十円、下宿代（朝晩の食事付き）四千五百円。授業は真面目に出席。将棋、麻雀、屋台の焼酎。学費は奨学金、家庭教師のアルバイト、母の仕送りの三本立て。

昨今のようにお金持ちの子が大学へ行くのではない。同級生に裕福な子はいなかった。日本中貧乏だった。

ん？　借金（国債）〇兆円。子供、孫、曾孫、子孫代々支払い続けなければならない今の方が、当時より貧しいのではないかなぁ？

(4) 昭和三十七年、(株)コマツ入社

大阪工場技術部設計一課に配属され、残業、休日出勤は当たり前。

「早く出社して掃除せよ」

「コピーしてこい」

「何だ、このコピーは！」

「？　コピー、教えて下さい」

「大学で授業料を払っていただろ」

「はい」

「給料貰っている今はプロだ、自分で考えろ」

先輩に手取り足とり教えてもらっていたら、今の自分はなかった。

(5) 川崎工場へ転勤、そうして結婚

ブルドーザーの品質は各段に向上、ユーザーの支持を得て、ひと安心する暇もなく、コマツはタイヤ式建設機械事業に着手。開発設計要員として仲間と共に川崎工場へ転勤、スモッグに驚く。

夏休み帰省。

「明日、お見合いをする」

「えっ⁉」

やがて「結婚の日取りが決まった」。残業、休日出勤生活など、母の想像外。勝手に「日取り」。

住宅難の頃のこと、とにかく部屋を探さなければ。六帖ひと間に台所の木造アパートを確保。やがて身ごもる。倍率が高く当たらない住宅公団の募集に応募。幸運にも当選、長距離通勤なんのその、長男誕生。

（6）開発余談

コマツ超大型ダンプのご先祖様は、当時、川崎工場で開発した32トン積みＨＤ３２０。様々な現地実用試験を実施、満を持して市場へ。

ところが大村（現・長崎）空港建設現場で油圧パイプが日本刀のようにペチャンコになる。同期入社の設計主任はその都度、現地へ。

実用試験で大岩もテストしたが大村では「超」大岩が排出の際、ベッセルの端をドンと蹴飛ばすことが原因。クレームは品質向上のネタ、ユーザーの方々と共に様々な経験を得て大型ダンプはシリーズ化。

（7）転勤・出向、そうして定年

次男が二歳の頃、埼玉へ転勤。広場にブランコなど遊戯具のある社宅、同じ年頃の子供もいて子育てに申し分ない環境。

五十歳、グループ会社へ出向。設計一筋の私は、カタログ作りやユーザー対応など、営業のお手伝いを経験後、コマツグループ外の日本濾過器（株）へ出向して、考えたこともない福祉車を開発して定年。

建設機械メーカー世界一のCAT社と日本一の新三菱重工が技術提携した直後に入社。「君たちは未だ新卒で通用する。コマツは潰れる、早くいい会社を見付けて行け」と言われた弱小コマツは、開発した製品がユーザーの皆さんに可愛がられ、世の中のお役に立ち、定年退職時は世界企業。老兵は嬉しい限り、幸せなこと。

(8) 定年後

車いすのまま乗車し手だけで運転出来る福祉車開発でお世話になった東京大学教授へ定年退職の挨拶へ。

「福祉車開発の経緯を本にして残せ」

国語は苦手、数学・理科好き中学生は工学部機械科出身、サラリーマンの殆どを建設機械開発設計で卒業。

「本ですか?　ご冗談を」

「とにかく書いて」

お世話になった先生のお話、無視というわけにはいかない。やれば出来る……かも知れない。何と原稿用紙一四〇枚書けた。文章は書けないと思い込んで書かなかったんだ五十年も。知らなかったなぁ、何でもやってみるものだ。

原稿を出版社へ郵送。

すると出版社の社長直筆で「出版費用は我が社で負担します。出版させていただきたい。新聞、雑誌に広告も掲載します。但し原稿料、印税はご勘弁を」。そうして後日、初版二千部完売、と。

本を出すなど考えたこともなかったのに、と思っていたら……ピンポ～ン。出版を切っ掛けに夏季特集号へ寄稿した地元日刊紙の記者が手に瓶を下げて、

「今日は何？」

「論説委員をお願いにまいりました」

「何だって！」

「特集号だけでなく、朝日新聞の『天声人語』に相当するコラム『火の見やぐら』をお願いします」

「その瓶、何？」

「地元の焼酎です」

「ありがとう」

「焼酎は置いてきました、論説委員は断られましたでは、会社へ帰れません」

「話はわかったけど毎日は書けないよ」

「毎日ではなく気が向いた時、書いていただければいいんです」

「わかった」

設計あがりが論説委員の名刺を持つことになるとは！　焼酎に釣られて我ながら信じられない。

「あなた大丈夫なの？」

「さぁどうかな？　やってみなきゃわからない」

結果オーライ、大丈夫だった。

建設機械開発設計から福祉車開発、出版、論説委員、今は年に数回大分県の田舎へ帰省し、実家や親戚の庭木剪定など――。時の流れに身を任せドンブラコ。

六月にピカピカの八十三歳、老兵はどこへ流れて行くやら今から楽しみ。

(9) 山崩し

書店に平積み、全国紙に広告など、我ながら信じられないことが起こった拙著の説明を最後にさせていただきます。

『楽しいウソは笑顔を創る』(文芸社刊)

田舎の幼馴染との会話。

「定年後向こうで何をしているの?」

「シニアモデルをしている」

「えっ!」

「チョコレートをチョコと言うだろ、略してチョコじゃないよ、本当は……」

他愛ないウソつきエピソード満載のエッセイ。

『やれば出来る……かも知れない』(文芸社刊)

総務部一筋から営業へ。異業種間配置転換をされ途方にくれた田舎の甥へ、建設機械設計一筋から出向し営業をした経験を事例に、出来ないと諦めるより、出来るかも……やってみると結構いい線までいくことを記した。

表紙や挿絵の河童さんは六十年来の親友の作品。

なお、両書は文芸社に未だ山が少々残っています。アマゾン、楽天、書店を通じて、山崩しなど楽しいと思いますが、如何でしょうか？

（建設機械施工　二〇二二年五月号）

粟入り重湯で餓死を逃れた

中国の大連で、日本人の大半がそうであったように、わが家も終戦の日を境に、ひどい状態になった。

住んでいた家は、追い立てられ、米のご飯に麦が入り、大豆が混ざるくらいはまだよかった。コーリャンが入り、ついに粟《あわ》が申しわけ程度に入った重湯になった。飲んだ瞬間からもう「母ちゃん、おなかすいた」という状態だった。

母はどうして、たくさん作ってくれないんだろうと思いながら、仕方なく中国人の店へ行き、半日立ちつくしていた。すると、何か少しくれた。そう、物ごいをしたのだ。

当時、日本人は殺されても、文句の言えない状況だったのに、小学一年生が、中国人の店に行くわけだから、母は心配しただろう。そんなことなど考えもせず、行けば何か口にできる、と思って店に行った。

母にしてみれば、数日分の粟を炊いて、子供たちに腹いっぱい食べさせたかったに違いない。しかし、それをしてしまったら、あとは餓死だ。腹をすかした子を前に、明日の粟を使わず、我慢した母と、一口のマントーをくれた決して豊かではなかった中国の人のおかげで、いま、私は生きている。

飽食の時代には信じられないような体験であった。今も地球には飢える子供たちがいる。

（朝日新聞「声」一九九一年八月十七日）

自分史を書く

(1) 出版を経験して

I 思い掛けないことに

国語は苦手、作文は書けない、理科・数学好きな中学生は機械工学科を卒業。殆どすべての期間を建設機械開発設計で過ごした後、出版。出版後、いろいろな方から様々な質問をいただいた。

①本を書いた動機は何か
②どうやって書いたか
③原稿を出版社へ受け取ってもらうにはどうすればいいか
④○○について書きたい、どう書いたらいいか
⑤自分史を出版したい、原稿を読んで下さい
⑥出版費用は？　など

設計一筋の私がお答えするのは如何なものかと思いつつ……、

①本を書いた動機
上記通り本を出そうなど考えたこともありません。思いがけない成り行きです。
②どうやって書いたか
原稿用紙百三十枚書かないと本の形に出来ない（と聞いていた）。読者対象を想定、こんなことを念頭に書き始めた。詳細は後述〈Ⅱ　私の思う自分史〉参照。
③原稿を出版社へ受け取ってもらうには
よく知りません。私は郵送です。原稿募集をしている出版社もあります。
④〇〇について書きたい、どう書けばいいか
後半参照
⑤自分史を出版したい、原稿を読んで下さい
原稿を読んで下さい、と言われても、私は元エンジニア。文章のプロではなく思いがけないことで出版したに過ぎませんが、行の初めは一文字下げる、句読点、段落、行替えなど、ルールを守り、誤字、脱字、文字の変換ミスなどに注

意したいと思います。

⑥出版費用は

表紙、紙質、印刷（一色かカラーか）、文字の大きさ、挿絵、写真、出版部数などにより大幅に変わりますし、出版社によっても異なります。インターネットで調べると大よその見当はつくと思います。

なお、見積りを取り出版費用が安くても、打ち合わせごとに〇〇円加算など追加費用が細かな文字で書かれていたりするのはどんな業界にもあり、注意が必要です。

Ⅱ　私の思う自分史

漢和辞典に「史」は記録、記録する人、歴史。ちなみに「歴」は過ぎる、順序立てる。自分史は多くの場合、「父〇〇、母〇〇の次男として、昭和〇〇年〇〇県に生まれ……」と歴史年表のように順序立てて書かれています。自分歴史ではなく自分史、自分の記録ですから時系列的に書く必要はなく、心に残る出来事、記録しておきたいこと、子供たちや若い世代へ伝えたいことなど、個々のことを自由に書いて良いと考えます。

私は思いがけないことで出版したのを切っ掛けに数冊出版しましたが、いずれも「私の自分史」と思っています。

(2) 自分史を書くこと

自分史は自分以外の誰かに読んでいただく視点が必要です。読んでいただくには……事実の羅列、履歴は読んでも面白くありませんが、その時の世の中のこと、自分の置かれた立場や環境、状況の中で何を考え、どう行動したか、その結果はどうだったか。

「一六〇〇年、関が原の合戦」、これだけでは面白くないけれど、「その時、徳川家康は……」なら面白いでしょう。

（3）事例

ある方が自分史に阪神・淡路大震災の体験を書かれていました。ご自身の体験以外のこと、例えば「大阪では殆ど被害はなく日常生活が……」と周りの状況が書かれていると、読者は「そうだ、あの時私は……」と自分の経験と合わせ興味を持って読んでいただけるのではないでしょうか。

また、ある方は、「日本近代工業は薩摩藩や佐賀藩で産声を上げた。反射炉は……」と講演されたことを書かれていました。

開発には昔も今も多額の開発資金が必要です。薩摩藩、佐賀藩だけでなく、幕末はどこの藩も借金で首が回らなくなっていました。薩摩藩、佐賀藩も例外ではなく、破綻に瀕した財政をどう建て直し開発資金を調達したのか。本題の技術の話だけでなく周辺も欲しいと思いました。財政破綻の建て直し……今に通じる話になります。

（4）書く材料を手に入れる

- 日記・自分のアルバム・家計簿のメモなどを見る

・出来るだけ現地へ足を運ぶ

例えば、私たちは「何歳の時に」「小学生の頃に」と記憶していると同時に、「東京オリンピックの時に」とも記憶しています。これらをネタに適当にメモします。「適当に」がミソです。学術論文を書いて博士号を取るとか、社内のプレゼンテーションではありません。だから二十二歳ではなく二十代前半で良いと思います。

メモから何を書くか適当に決めて書いてみます。文章だけでなく、絵心のある方は絵手紙的なものも面白い。

この過程で忘れていたことなど思い出し、「こんなこともやったんだ、我ながら凄い」と自分を再発見する。あるいは知らなかった自分に出会うかも知れません。

これは楽しい……かな?

(5) 文章を書く

文章を書くのは何と言っても肩が凝る、身構える。

私は友達と話しているつもりで書くので話し言葉でしか書けません。え〜と、今、何を書いていたのかなぁ、と思ったら、「え～と、今、何を書いていたのかなぁ」……とりあえずそのまま書きます。

自分のことを書くのは照れくさかったり、自分をよく見せようと思ったり、時には感情的になったり、なかなか書き難いので自分を「矢野君」に置き換えたり、サムちゃんとしてみたり。不思議に第三者的になり書き易くなります。それぞれのやり方があると思います。

文章はなるべく区切る方が書き易い、書き易い方が読み易い、読み易い方が読んでご理解いただけるのではないか？　と手前勝手に考えています。まとまらない場合は箇条書きにしたり、飛ばしたり。後回しにしても日が経てば不思議なことに書けるようになります。

（6）文章とお料理と建設機械の開発

文章とお料理と私が従事した建設機械の開発は同じではありませんが、考え方や手順は、次のようにとても似ていると思います。

文章	お料理	建設機械開発
何を書くか	何を作るか	企画
どう書くか	どう料理するか	開発計画
材料を集める	材料買い出し	情報収集、基礎研究
文章を書く	お料理する	試作
読みなおし推敲	味見して修正	テストし改良
完成	完成	完成
コピーして配布	食卓へ並べる	販売
読者が読む	家族が食べる	ユーザーが使う
満足して頂けたか	満足して頂けたか	満足して頂けたか

(7) おわりに

国語は苦手、作文は書けない、理科・数学好きな昔の中学生が自分史を書いたなど、中学時代の国語の先生が知ったら、開いた口がふさがらないと言われるに違いありません。

（熊本大学工業会会報　二〇二二年八月）

ホントかな？「もしあの時に……」

皆さんとゴルフコンペの前夜、懇親会後のカラオケで「歌え」と言われても若い人の歌は知らない。横でＦ君「あなた～の」と『なみだの操』の一節、「アッ、知ってる」と言った瞬間、マイクを渡されて歌った。

すると画面に「一〇〇点」と出た。誰も認めず、

「機械が壊れている、もう一度何か歌え」

今度は「九七点」。

「あれっ？　壊れてないわ」

遠い昔、高校二年生。ＮＨＫの「素人のど自慢」大分大会。友達と申し込み、予選から本番へ。見事、キンコンカ～ンに続きがあった。「素人のど自慢」九州大会、大分県代表の一人に。福岡市市民会館大ホールで舟木一夫の「高校三年生」を歌った。

全国大会には行けなかったが、あるレコード会社から声がかかった。当時、一生に一度は行ってみたい、憧れの東京へ行ける、と舞い上がった。ところが親、親戚、高校の先生方に「田舎の高校生が歌手などなれるわけがない、大学へ行け」と猛反対され、大学へ。一九六二年卒業、建設機械メーカー(株)コマツ入社、時は流れ定年。

もしあの時歌手になっていたら……。

第五章

思い出すまま

城下海岸

帰省中のこと、夕方、五時前。

海を歩いていたら男子中学生四人。鉄棒、ぶら下がり器、腹筋用器具のある所で遊んでいた。

「君たち、中学生か？」

「はい」

「日出中学だろ、小父さんの後輩だな」

「先輩ですか？」

「そうだよ。あの向こう、城下カレイが獲れる。知ってるだろ？　小父さんが小学生、中学一年頃まで、城下カレイのいるあの場所に、空母*海鷹《かいよう》が座り込んでいた。空母知っているかい？」

　四人とも「？」。

「知らないのは当たり前だな、上が平らで飛行機が……航空母艦」

「知っています」

「赤錆びた空母は、少しずつ解体されて海岸にづら～と置いてあった。危ないから行ってはダメと言われていたけど遊び場だった。魚が泳いでいるのがよく見えるし、釣りをしたり、夏は飛びこんだり、手製の銛を持って潜り魚を獲ったり。アメリカの飛行機（艦載機などと言ってもわからないと思うので）に攻撃され逃げ回ってあそこに座礁。小学生を避難させていた先生に弾が当たり即死。天守閣の崖下に慰霊碑があるだろ。小学校の鐘、今も弾の跡が残っているし、小父さんとこの家にも弾が当たった。こんなに綺麗な城下海岸も戦場だったんだよ」

「マジですか？」（翻訳すると『え～っ、本当ですか？　信じられない』という意味。

この子たちの表情から)。

ウクライナの中学生も一年足らず前には「第二次大戦の時、ここも戦場だった」と小父さんから訊いても「マジですか?」と言っていたに違いない。

＊海鷹：南米に就航した大阪商船の豪華客船あるぜんちな丸を改装した空母。飛行甲板長さ一六〇メートル。城下公園に海鷹の石碑がある。

ラムネ・パッチン・肥後守

はるか昔、おぼろげな記憶では小学校三年の頃から、常時ポケットに入れていた遊び道具。「ラムネ」は標準語では「ビー玉」と言うらしいが、地方によっては「ラムネ玉」とも言うそうだ。遊び方はいろいろだけれど、瓦の破片などでスロープを作り、遠くへ転がす、ジャンケンで負けた方のラムネを地面に置き、勝った方が目の高さから当てる。当てられたラムネは当てた方の物になる。次は立場を交代する。一方的に負けることは殆どないからラムネがポケットからなくなることはないが、ポケットには予備も含め六、七個入れていた。

「パッチン」とは検索すると「めんこ」のこと。「小さな面」と書き、パッチンとも呼ばれていた、と。地面に置かれたパッチンにパッチンを打ち付け、置かれたパッチンを裏返すと負け。裏返されたパッチンは相手の物になる。ということで、パッチンも予備として数枚ポケットに。

「肥後守《ひごのかみ》」とは折りたたみの小刀。お正月、当時、「カイト」などなく凧も高価。竹を割り削り、骨組み、凧を子供たちは自作していた。肥後守は凧作り以外も杉の実を弾にした杉鉄砲、竹トンボ作りの必需品。

太平洋戦争敗戦で、親は子供たちの食べ物は勿論、生きていくのに精一杯。「小刀は危ないから使ってはダメ」など子供たちに言う余裕もなかったに違いない。

小刀を使えば怪我をする、血も出る。便利なカットバンなどない。ヨモギを摘み手で揉んで傷口に当てれば良いと、誰に教えてもらったわけではないが、子供たちは誰でもヨモギに頼っていた。

小刀は使うと切れなくなるので砥石で刃を砥ぐ。子供同士で砥ぎ方を試行錯誤、立派に砥げるようになった。おかげで今も包丁や剪定バサミなど、ご近所の物も砥いでさし上げている。

「お上手ですねぇ」と奥様。

「ありがとうございます。これでも私、砥ぎ師一級ですから」

「あら、失礼しました」

「ウソです、冗談ですよ」

「えっ！」

日中国交正常化五〇周年

一九七二年九月、田中角栄首相と周恩来首相が北京で第一回首脳会議。翌一九七三年六月、私は北京へ出張を命ぜられた。国交は正常化されたが、六月には未だ北京直行便はなく羽田から香港へ。境界線の短い鉄橋を荷物を持って渡り、深圳から列車で広州へ。広州から北京へは航空便。機内サービスのアイスクリームはとても美味しかった。

帰国はこの逆。帰国して三カ月後、同期入社のMさんの北京出張は北京直行便。私は香港経由のほぼ最終ではなかったかと思う。早《はや》半世紀前、記憶違いもあると思うが、国交正常化前後の経験を思い出すまま……。

当時は東西冷戦の真っただ中。アメリカのインターナショナル・ハーベスター社と技術提携のホイールローダは共産圏へ輸出出来なかった。(株)コマツは中国向けに一九六八年一月、WD140Sホイールローダおよび WD140タイヤドーザを開発したが具体的な商談はなかったと記憶している。

ところが一九六九年三~四月、北京で開催される第一回日本工業展へ出品されることとなり、展示車両は一九六八年十一月に中国船・東方紅号へ船積みのことと我々に指示が下されたのは四月か五月だったと記憶している。最高スピード時速五〇キロなど、中国の要求仕様に沿う改造設計、製造、テスト、テスト結果の修正など七カ月で実施のタイトスケジュール。

翌一九六九年、設計からOさん、製造からSさんたちが北京へ出張。北京での日本工業展終了後、上海でも日本工業展が開催される予定だったが、一九六六年~一九七六年（終息宣言は一九七七年）まで続いた文化大革命のまっただ中、上海での日本工業展は中止となり、出品した車両は送り帰されてきた。がっかり。

その時、Oさんが持ち帰った赤い表紙の『毛沢東語録』を見せてもらった。文化大革命を報じるテレビの中で紅衛兵《こうえいへい》が手にかざしている「毛語録」の日本語版で、Oさんのお話ではホテルに各国語版が自由に持っていけるよう置いてあった、と。

文化大革命で商談どころではないだろうと思っていたら……中国から改造要求があり、一九七一年二月八日、Oさんは中国へ出張し中国とかなり厳しい交渉をまとめ、帰国したのは三月十一日。この間、Oさんと音信不通、国交のない中国とはこのような状況だった。

WD140タイヤドーザ二百台、RD200トレーラー百台を受注。民間の土木工事に使用すると、ごく普通の話だったが、我らは上記の通り中国は文化大革命の最中、トレーラーに大砲を積んで人民軍が使うのではないか、などと話していた。

一九七一年八月、世に言うニクソンショック。日本中のメーカーは作っても売れない、作る物がないという不況に陥った。当時の川崎工場・工場管理室長が「WD140のおかげで川崎工場は助かった」と言われていたから、WD140の生産は一九七一年だったと思う。生産が軌道に乗った一九七二年三月、Oさんは本社開発管理部へ転勤。Kさんがあとを引き継がれた。

順調に輸出していたところ中国からクレーム。送られてきた写真のタイヤに剃刀で切ったようなクラック（割れ目）。これは何だ？　どうしたらこんなに綺麗にスパッと切れるのか？　頼りのKさんはアメリカへ主張中。

「矢野君、北京へ一週間ほど行ってこい」

「香港と深圳の間を間違っても国境と言ってはいけない、境界線と言え」

「交渉の際、中国側には日本語堪能な人が必ずいるから、内々の話は彼らの前でするな、筒抜けになる」

U室長からの注意事項を頭に入れ、タイヤメーカーのブリヂストンさんと北京へ。北京駐在のYさんへ蕎麦・奈良漬など日本食を持っていったところ、税関でカバンを開けたら奈良漬の強烈な匂い、引っ掛かった。中国語も英語もわからないが、「これは何だ？」と言っているのはわかる。けれども説明が出来ない。「ペキン、フレンド、プレゼント」と言ってみるが通じない。ブリヂストンさんの助けで何とか通関。

交渉はタイヤを○○本無償提供するところからなかなか前へ進まない。平たく言うと「もっと寄こせ」、二言目には「中国人民の……」。当時の中国には物がなかった。例えば、銀座に相当する王府井のデパートの商品棚に商品はなくガラ空き。もっと寄こせの気持ちはわかるけれど、それはそれ、これはこれ。

出張に際し、「交渉の席で内々の話は筒抜けになる、くれぐれも注意するように」と言われていた。

「お話を伺っていると、私どもが聞いていたのと使い方が違う。最初から高速走行が主体と言ってくれていたら、こんなことにはならなかった。中国のお客さんのお役に立つよう一生懸命作った日本人民のことも考えてほしいですね、これでは立つ瀬がない」

思っていることを大声で言うと、まとまる話もまとまらない。だから、中国サイドに聞こえる程度の小声で、隣席のブリヂストンさんへぼやいた。

中国サイドへ伝わったようだ、急にガヤガヤし始めた。中国語は全くわからないが「誰が土木作業メインと伝えたんだ」と言っているに違いない。

やがて話がまとまり、境界線の鉄橋を渡り、帰国。北京滞在一週間の予定が三週間。音信不通はOさんの場合と同じ。

帰国し出社したら、U室長、私の顔を見るなり「矢野君、生きていたか!」。

後日、「公安の者ですが」とお二人の方が川崎工場へ訪ねてこられ、

「中国で見たこと、何でもいいから話して下さい」

何を話せばよいのか戸惑っていたら、

「ライターはありましたか？」

「皆さん普通に使っていました」

「ライターオイルも普通に売られているんですね」

竹のカーテンの内側の情報が欲しかった時代だった。ソ連（現ロシア）は鉄のカーテン、中国は竹のカーテン、共産圏の情報入手が難しかった。


一九八九年、天安門事件。テレビでニュースを見ていたら、大通りを兵員輸送車らしき車を何台も従え先頭を疾走しているのはＷＤ１４０タイヤドーザ。輸出から十八年経過しているにも拘わらず、車体は磨かれピカピカ光っていた。

交渉は大変だったが、休日には頤和園《いわえん》や万里の長城・八達嶺《はったつれい》へドライブに連れ出してくれたり、「ここに周恩来首相が田中角栄首相を招待した」というレストランでの

食事など、親切にしていただいたし、どこへ行っても居心地が良かった。

昨今の日中関係のギクシャクは残念、習近平さん仲良くしましょうと思うばかり。

一週間ほど北京出張と家を出て行き、帰ってきたのは三週間後。幼児だった二人の息子と亡妻幸子は、U室長と同じ「生きていたか」と。今頃になって思う、心細かっただろうなぁ。


（二〇一二年九月）

剪定バサミは腕で切る

サラリーマンに転勤はつきもの。引っ越して数年、町内の清掃日、奥様方は草取りをしている。私は短い坂道の低い木の剪定。

ふと気が付いたら奥様方に囲まれている。草取りは終わったのか。

「そのハサミ、よく切れますね。どこで買われたのですか？」

「これですか？　引っ越し前に栃木で買いました」

「引っ越し前ですか、そんなに長く使えるのですか？」

「切れなくなったら刃を砥いでいますよ」

「どこで砥いでもらうのですか？　よく切れますねぇ」

「自分で砥ぎますよ、後でお宅のハサミも砥ぎましょうか？」

我が家の前の奥様。

「矢野さんはうちの錆びたハサミでも、これと同じように剪定されますよ。先日私がしていたら使い方を教えてくれました」

「使い方難しいんでしょう」

「慣れたらそんなに難しくないですよ。両腕を動かしてチョッキンチョッキンではなく、左腕の脇を締めて右を動かす、こんな感じです」と実演。

「お上手ですねぇ」

「庭師一級ですから、皆さんより上手に出来ないと恥ずかしいです」

「やっぱりねぇ、お上手だと思いました」

「ハハハ、庭師一級なんてウソですよ」

「？」

「庭師という言葉はありますが、庭師一級という資格はありません。朝からウソついてゴメンナサイ」

「あらまぁ、ウソですか、楽しかったわ」

Nちゃんへ

東北新幹線は一九八二年、上野駅始発で開業。一九九一年、東京駅始発になった。一九八八年のある日、本社営業のTさんが上野の事務所へみえて、

「○○建設本社へ一緒に来て。東北新幹線を上野駅から東京駅始発にする」

「新聞で知ってるよ」

「東京駅は地上も地下も電車が入っている。場所がないから地下鉄のさらに下の地下に東北新幹線のホームを作る。○○建設が受注した」

「それでコマツは商売出来たの？」

○○建設本社会議室――。

「直径一メートルの穴を二〇〜三〇メートル掘って鉄筋コンクリートの基礎*を打つ。地上の工事なら大型機械を使って何とでもなるけれど、何しろ地下鉄の下、天井が低い」

＊基礎：通常は固い所まで基礎を打ち込むけれど関東ローム層だから岩盤まで届かせるのは大変なので、土砂（ローム）と基礎杭の表面の摩擦力で支える（最近の技術は知らない）

「それはそうでしょうね」

「狭い場所で、穴を掘削し、掘った土砂を穴から効率よく運び上げる機械が必要なのです」

狭い場所、穴の中では排気ガスを出さない、前年コマツゼノアと開発した「電気駆動ミニパワーショベル」を改造すれば掘削は対応出来る。

「掘削はお引き受け出来ますが、効率よく連続して土砂を運び上げる機械は出来ないなぁ」

「そこを何とか……」と言われても出来ない物を出来ると言うのは無責任、お断りした。

「わかりました。では掘削をお願いします。運び上げるのは当社で何とかします」

二〜三カ月後、Tさん来訪。

「〇〇建設、効率よく運び上げるの、いい知恵がないんだって。矢野さん何とかしてよ」

「掘削だけでいいからと言われて引き受けた。そんな話、俺知らないよ」

Tさん、一枚のカタログを取り出し、

「この機械何とか利用出来ないかなぁ」

掃除機、バキュームカーと原理は同じ、吸い込む清掃車のカタログ。吸い上げるのは一気圧一〇メートルが限度だけれど調べて見たが結果は同じ。

ある日曜日、西武球場でアルバイトをしていた長男を球場へ送っていった帰り。

「あっ、カタログ写真の清掃車」

三〇メートルほどホースを伸ばし道路脇側溝の空き缶や小石を吸い込んでいる。水平だから吸い込める。作業している若者に一応聞いてみる。

「マンホールもこれで清掃するの？」

「やるよ」

「二〇メートルとか深いのもやるの？」

「やるよ」

「どこでやったの？　いつの話？」

「いつでもやってるよ」

一寸失礼して清掃車の銘板（型式・メーカーなど）を見る。□□社は神奈川県、近い。事情を説明しアポイントメントを取り、それ行け、□□株式会社へ。応接室。

「深いマンホールも出来ると伺ったのですが」

「出来ますよ」

「理論上は一気圧一〇メートルしか上がらないはずですよね。どうやって吸い上げるか教えて下さい」

「簡単なことです。理論上は一〇メートルですが、一〇メートルずつ上げる。これを繰り返せば二〇メートルでも三〇メートルでも吸い上げられますよ」

「なるほど」

コロンブスの卵。

再び〇〇建設会社会議室。資料と簡単な絵を作成し、Tさんと共に。

「こんなアイデア、如何でしょうか？　こんな工法は聞いたことはないのですが、理論上は間違いないから大丈夫と思います」

「さすがコマツさん、助かります。私の方でも検討させて下さい」

それから二～三カ月、何の音沙汰もないので、この案件は消えたと思っていたら

……Tさんが現れ、

「矢野さん、これから千葉へ行こう」

「今度は何の話？」

「矢野さんのアイデア、〇〇建設技術研究所で今日実証試験をする。立ち会いに一緒

に行こう」

「え～っ⁉」

あの実証試験は五十万、百万円じゃ出来ない。土砂が上がらなかったらゴメンナサイでは済まされない。コマツの信用にも関わる。うまくいかなかったら何と言えばいいのか……途方にくれる。

Tさん、我の気も知らないで「もうすぐだよ、矢野さん」。

そして○○建設技術研究所到着。未だ車から降りていないのに男の人が走ってくる。

「あの人が責任者の課長」

うまく土砂が上がらなかったのか。課長さん、名刺交換もそこそこに、

「コマツさん、すみません、待ちきれないで試験始めてしまいました」

結果は？　うまく上がったのか？

「うまくいきました！」

これを聞いた私、「あ～良かった」などと言わない。自信満々、うまくいくに決まっているでしょという顔で「そうでしょ」。若い頃、俳優座養成所を目指した矢野、こ

の程度の演技は朝飯前、ホホホ。

「ありがとうございます、これで工事にかかれます。助かりました」

これで決定、受注。川崎事業所で開発、完成し納入。

もし、Tさんがカタログを持って来なければ、長男がバイトの日でなければ、あの時間に道路側溝の清掃をしていなければ、メーカーが教えてくれなければ――。幾つもの「もし」に支えられて。


ちなみに「俳優座養成所を目指した」だけがウソ。それ以外はすべて事実をありのまま記した。東北新幹線東京駅乗り入れのお役に立ったウソみたいな本当の話。

「Nちゃん、これ五部コピーして」

「ワープロ打って」

Tさん来社。

「コーヒー頼む、Tさんは砂糖なし、俺はスプーン一杯」

いろいろ手伝ってもらってこの開発が出来た。Nちゃんも開発に参加、東北新幹線東京駅乗り入れのお役に立ったんだよ。知らなかっただろ。

メールバックありがとう。Nちゃんが入社した時と同じ歳に娘さんもなったとのこと。写真、親子だなぁ、貴女によく似ている。

我はいつの間にか歳を重ねたけれど、老いるのも悪くないな。

成人式の日に

本を借りようと公民館内の市立図書館分館へ。ところが図書館は成人式のため休館。成人式は十五日と思っていたけれど、いつ変わったのか。

帰宅しようと駐車場へ。駐車場の入口、成人式に出席する娘さんを乗せて来たお父さんと警備員が立ち話をしていた。

「お嬢さん、成人式ですか？　おめでとうございます」

「ありがとうございます」

「今日はバイクじゃないんですか？」

「えっ、何で知っているの？」

私は買い物へはバイクで行く。

「いつも見てます、あそこの畑で」

買い物へ行く途中の農家の長男。いつも見ているのは農作業の服装だからわからなかった。

「ネクタイ締めて変装しているからわからなかった」

「うちの娘も成人式なんです」

私は「おめでとう」と言って気が付いた。拙著『あなた・こなたのおかげで今、生きている』に書いたレイナちゃんだ。何とあの小さな女の子が成人式とは……。確か二～三冊家にあるはずだ。

すぐ帰宅し『あなた・こなた……』にサインして警備員へ贈呈。

「『こっちおいでよ。桃ちゃんもいるよ』とレイナちゃんに言われて、お宅の太郎君と桃ちゃんと親しくなったことを書いてあります。レイナちゃん、覚えてないと思うけど」

「レイナが喜びます。これいただいていいんですか？　成人の何よりのお祝い、記念になります」

そんなに大喜びしていただいて幸せなこと、嬉しいね。

太郎君とはこの家の飼い犬、人間で言えば壮年男子。桃ちゃんは人間で言えば女子高生くらいかな。

三十円引きタマゴ

タマゴ四個入りパック百九十二円を三十円引き。値引き率一五・六％。

金利は金融機関一律ではないが、ゆうちょ銀行の通常預金金利は〇・〇〇一％。百万円を三年間預けると三十円の利息。

たかがタマゴとあなどるなかれ、僅か三十円だけれど。

売れ残ったら処分しなければならない。処分するにも費用がかかる。値引きしても売りたい。年金生活の私には値引きはありがたいだけでなく、タマゴは命、命を廃棄は忍びない。パックはプラスチック、タマゴと一緒に捨てたら環境問題。購入したらタマゴの殻はゴミ、パックはプラスチックと間違いなく分別するからパックは再利用へ。三十円引きのタマゴを買うのは地球環境に優しいことをすること。

先日、スーパーで七十歳前後の年輩の上品なご婦人が割引タマゴを眺めて思案されている様子。そこでパックを手に取り、「ハイ、どうぞ」とさし出したらご婦人びっくり。地球環境に優しいことなど手短にお話しして、

「四個入りだから賞味期限内に使い切ります。何の問題もありません。私は年金生活、いつも割引タマゴです」

ご婦人も「そうですよねえ」とニコニコ笑顔。「ありがとうございました」とカゴへ。

（二〇二三年二月）

泣く子は育つ

コロナが知られていなかった三年半ほど前の夏、お盆のお墓参りに帰省した時のこ

と。羽田空港で、

「大分まで空席待ち、年寄り割引、一番早い便の航空券一枚」

「お歳を証明する、運転免許証か何かお持ちですか？」

「持ってるよ。ハイどうぞ」

「後部座席ならご用意出来ます、一番後ろの方ですが……」

「いいよ、後ろもちゃんと大分へ着くんだろ」と冗談。

やがて搭乗案内「後ろの席◯◯～◯◯番のお席の方からどうぞ」。

後ろから二つ目窓側の席。最後部席には若いママさんが一歳足らずの赤ちゃんを抱き、隣にお姉ちゃんと言っても三～四歳の子、その隣にママさんの母上と思しき方。

飛行機のドアが締まり、皆さん席に落ち着いた直後、赤ちゃんが大声で泣き出した。何とか泣きやませようとママさん必死の様子が伝わってくる。ママさんの母上も周りに「すみませんねぇ」と援護射撃。赤ちゃんは遠慮なしだから煩いこと、この上ない。周りの雰囲気も「何とかしろよ、煩せえなぁ」の雰囲気。後ろを振り向いたらお姉ちゃんも心配そう。キャビンアテンダントも近寄ってあやしている。ママさん、泣き出しそうだ。

立ち上がって赤ちゃんの方を向き、

「元気いいなぁ。元気に育って大きくなったら、小父さんの年金の分も稼いでよね」

周りの皆さんへ、

「泣く子は育つと言いますから元気に育ちますね。これで我々の年金は大丈夫ですねぇ」

皆さん笑顔になり、雰囲気が和らいだ。不思議なことに赤ちゃんはこの後すぐ眠って静かになった。なあ～んだ眠かったのか。ママさんのホッとした顔で「ありがとうございます」。

キャビンアテンダントさんも「ありがとうございました、助かりました。何もありませんが、これをどうぞ」と機内の飴を一握り。一つ口に入れ、残りをお姉ちゃんへ。

「ハイ、これあげるよ」

お姉ちゃんはママに顔を向けた。その顔に書いてある「ママ、貰っていいの？」。

ママの許可を得て、

「ありがとう」

いい子だなぁ、嬉しそうな笑顔。

大分空港着、自動販売機でバス乗車券を買っていたら後ろから、「先ほどはありがとうございました、本当に助かりました」とママさん。お姉ちゃんも私を見上げている。赤ちゃんはスヤスヤ。ママさんの母上は「何とお礼を申し上げてよいやら……」。勘弁して下さいよ。赤ちゃんが大声で泣いたおかげで皆さんに感謝された。「赤ちゃん、泣いてくれてありがとう」と言いたいのは私の方なのに。

おわりに

後輩からの年賀状「私も後期高齢者になりました……」。

数年前からポツポツ来始めた。

「七十五歳か……若いなぁ」

私はいつの間に年を重ねたのか？　子供たちが帰ってくると「お父さん、テレビの音が大きいよ」と言う。

「何だったかなあ？」

このセリフが増えた。思い出せない。それもこれも間違いなく年を重ねた証拠。

営業や福祉車開発、そんなことをしたことないよ、と途方に暮れた時、数えきれない方々のお知恵を拝借し、皆様のお世話になりながら、後期高齢者を若いなぁと思うほど生きてきた。はるか遠い昔のことに過ぎないが、昨日のことのように思い出す。

皆様に支えられ経験したことが、私より歳下の後期高齢者を含め若い人のお役に少しでも立つことが出来たら、お世話になった方々へ間接的だけれど、ご恩返しになるかも知れない。

前日まで老人ホームでお風呂に入れてもらい夕食を済ませ就寝。眠ったまま百歳を超えて旅立った母のように、周りの皆さんに迷惑をかけないよう心がけ、世の中と共に生きていけるようこれからも成長し続け、そうして若い人のお役に立てたら幸せ、と思いつつ生きていこう。

最後に、本書出版に際しお世話になった文芸社の皆さん、河童の絵を描いてくれた六十年来の友、石川 楚さん、ありがとうございました。

著者プロフィール

矢野 武久（やの たけひさ）

1939年生まれ。大分県速見郡日出町出身。別府湾岸の温暖な気候の城下町。熊本大学工学部機械工学科卒。（株）コマツで建設機械開発設計に従事。その後、関連会社および日本濾過器（株）へ出向を経て、（株）日刊新民報社論説委員を務める。趣味は読書。歴史、推理、経済、戦記等ジャンルを問わず。日本将棋連盟三段。

著書

『トンボが翔んだ……福祉車誕生記』（近代文藝社）

車椅子で乗車、手だけで運転出来る福祉車の開発と人との出会いの記

『河童になったビジネスマン、営業へ行く』（新風舎）

機械設計一筋の筆者が未経験の営業へ。世界が広がった面白さを記した

『あなた・こなたのおかげで 今、生きている』（近代文藝社）

技術者として定年退職後、論説委員として寄稿したエッセイ集

『楽しいウソは笑顔を創る』（文芸社）

他愛のない嘘つきエピソードが満載。笑って、呆れて、楽しめるエッセイ

『やれば出来る……かも知れない』（文芸社）

したことない、出来ないと悩むより、出来るかも知れないと思った方が楽しい。やってみると結構いい線まで行く、を記した

「ありがとう」「ごめんなさい」を心から

2023年９月15日　初版第１刷発行

著　者　矢野 武久

発行者　瓜谷 綱延

発行所　株式会社文芸社

〒160-0022　東京都新宿区新宿１－10－１

電話　03-5369-3060（代表）

03-5369-2299（販売）

印刷所　株式会社平河工業社

© YANO Takehisa 2023 Printed in Japan

乱丁本・落丁本はお手数ですが小社販売部宛にお送りください。

送料小社負担にてお取り替えいたします。

本書の一部、あるいは全部を無断で複写・複製・転載・放映、データ配信することは、法律で認められた場合を除き、著作権の侵害となります。

ISBN978-4-286-24437-2